新訳

ドリトル先生アフリカへ行く

ング

河合 訳

角川文庫
22052

ドリトル先生のイギリスでのへんてこな生活と、海外でのおどろくべき冒険のお話
すべての子どもたちへ（子どもの心を持った人へも）この本をささげます

The Story of Doctor Dolittle
by Hugh Lofting
1920

新訳　ドリトル先生アフリカへ行く　目次

The Story of
Doctor Dolittle

この本に登場する人間と動物たち

ジョン・ドリトル先生 John Dolittle
動物に大人気のお医者さん。
人間の患者がよりつかなくてびんぼう。

ダブダブ Dab-Dab, the duck
おかあさんみたいに
先生のお世話をするアヒル。

ガブガブ Gub-Gub, the pig
食いしんぼうな子ブタのぼうや。
泣き虫であまえんぼう。

ポリネシア Polynesia, the parrot
物知りのおばあちゃんオウム。
人間のことばが話せる。

ジップ Jip, the dog
とんでもなく鼻がきくオス犬。
先生のおうちの番犬。

チーチー Chee-Chee, the monkey
アフリカからやってきたオスのサル。
ドリトル先生に助けられる。

トートー Too-Too, the owl
オスのフクロウ。計算が得意。
耳がすごくいい。

サラ Sarah Dolittle
ドリトル先生の妹さん。
先生の動物好きにあきれている。

バンポ王子 Prince Bumpo Kahbooboo
ジョリギンキ国の王子。
心がきれい。

第一章　パドルビーで

むかし、むかし、何年も前、私たちのおじいさんが小さな子どもだったころ、ひとりのお医者さんがおりました。その名はドリトル——医学博士ジョン・ドリトル。「医学博士」というのは、いろんなことを知っている本物の医者という意味です。

先生は、「湿原のほとりのパドルビー」という小さな町に住んでいました。お年寄りから子どもまで、町じゅうの人が先生を知っていました。先生がシルクハットをかぶって通りを歩けば、だれもがきっと言ったものです。「ほら、先生だ！　頭のいい人だよ」ってね。すると町じゅうの犬や子どもがかけよってきて、先生のあとをぞろぞろついてまわったのです。教会の塔のカラスだって、カァと、うなずきました。

町はずれにある先生のおうちは、とても小さなものでしたが、お庭はとてもひろびろとしていて、芝生があり、石のベンチがいくつかあり、シダレヤナギがおおいかぶさるように生えていました。妹さんのサラ・ドリトルが家事を切りもりしていましたが、お庭の手入れは先生が自分でしていました。

先生は動物が大好きで、いろいろなペットを飼っていました。お庭のすみの池に金魚を飼っていたほかに、食料庫(パントリー)にウサギを、ピアノのなかに白ネズミを、タオルやシーツをしまっておく戸だなにリスを、地下室にハリネズミを飼っていました。おかあさん牛と子牛もいれば、年老いて——二十五歳にもなる——足の悪い馬もいて、ニワトリ、ハト、二匹の子羊などなど、いっぱい動物がいました。でも、先生のお気に入りは、アヒルのダブダブ、犬のジップ、子ブタのガブガブ、オウムのポリネシアに、それから、フクロウのトートーでした。

先生の妹さんは、「こんなにたくさん動物がいたら、おうちが片づきません」と文句を言っていました。それに、ある日、リウマチをわずらっているおばあさんが先生の診察を受けにきたとき、ソファーで居眠りをしていたハリネズミの上にこしかけてしまったため、おばあさんは二度と来なくなってしまいました。おばあさんは、パドルビーから十六キロも先にあるオクスンソープという町の別のお医者さんのところまで毎週土曜日に馬車で出かけることにしたのです。

そこで、サラ・ドリトルは、先生のところへ行って、こう言いました。

「兄さん、こんなにたくさんの動物がうちにいたら、患者さんが来なくなってしまうじゃないの。待合室にハリネズミやハツカネズミをうじゃうじゃ飼っているお医者さんなんておかしいわ！　動物たちを見て帰ってしまった患者さんは、これで四人めよ。ジェンキンズさんと牧師さんは、どんな重病にかかろうとも、もう二度とこの家に近づかないとおっしゃっているわ。うちはどんどんびんぼうになるし、このままだと、ちゃんとした人はみんな兄さんのところに来なくなるわよ。」

「ちゃんとした人なんかより、動物のほうがいいな」と、ドリトル先生は言いました。

「ばかみたい。」妹さんはそう言うと、部屋から出ていってしまいました。

というわけで、時がたつにつれて、ますます動物がふえ、患者さんはどんどん減っていきました。とうとう、やってくるのは、ネコのエサの肉を売り歩くおじさんだけになってしまいました。このおじさんはどんな動物でもへっちゃらなのですが、あまりお金がなくて、一年に一度しか病気にならず、クリスマスにお薬を一瓶もらって六ペンス〔約六百円〕をはらうきりでした。

一年に六ペンスでは暮らしていけません。ずっとむかしでも、むりです。ドリトル先生が貯金箱にお金をためていなかったら、どんなことになったかわかりません。

それでも、先生はさらにペットをふやしつづけました。もちろん、たいへんなエサ代がかかりましたから、貯金はみるみるうちに少なくなっていきました。

そこで、先生はピアノを売りはらい、白ネズミには、たんすの引き出しで暮らしてもらうことにしました。しかし、ピアノを売ったお金もなくなってくると、今度は日曜日に着る晴れ着の茶色のスーツを売るという調子で、ますますびんぼうになっていきました。

こうなると、先生がシルクハットをかぶって通りを歩くと、人々はこんなことを言いあうのでした。

「ほら、医学博士ジョン・ドリトルだ！　イギリス西部で最高の医者だと言われていたころもあったけれどね。ごらんよ、今じゃ文なしで、靴下は穴だらけだ！」

でも、町じゅうの犬とネコと子どもたちは、やっぱりかけよってきて、先生のあとをぞろぞろとついて歩いたのです——先生がお金持ちのころと同じように。

第二章　動物のことば

ある日のこと、ネコのエサ売りのおじさんが、おなかが痛くなって、ドリトル先生のところへ来て、台所にすわって話をしていました。

「なんで先生は、人間の医者なんかやめて、動物のお医者にならないんですかい」と、おじさんはたずねました。

窓にすわっていたオウムのポリネシアは、雨をながめながら船乗りの歌を口ずさんでいましたが、歌うのをやめて聞き耳をたてました。

「だって、先生、」おじさんはつづけました。「先生は動物のことならなんでもご存じだ。そこいらの獣医なんかより、ずっとくわしいよ。先生がネコについてお書きになった本なんか、ありゃあ、すばらしいですよ！　あっしは読み書きはできませんがね。できてりゃ、あっしだって本ぐらい書いてたかもしれない。でも、うちの女房のシアドーシアは学がありましてね。先生の本をあっしに読んで聞かせてくれたんですよ。

いやあ、すばらしい本ですねえ――そうとしか言いようがない――ほんとにすばらしい。先生、以前はネコだったんじゃないんですか。ネコの考えをよおくおわかりだ。それにね、動物のお医者ってのは、もうかるんですよ。ご存じでした？　あっしが、病気の犬やネコを飼っているばあさん連中を、先生のところへ送ってやりますよ。もしなかなか病気にならなかったら、あっしが売るエサに、なにかしかけて、おかしくしてやりますよ、ね？」

「いかん。」先生はすぐに言いました。「そんなことをしちゃいかんよ。」

「いやいや、ほんとにおかしくはしませんよ」と、エサ売りのおじさんは言いました。「ちょっと元気がなくなるぐらいのことでさ。でもまあ、おっしゃるとおり、そいつは動物にちょいともうしわけないかもしれないな。なあに、どうせばあさんたちがエサをやりすぎて、病気にしちまいまさあ。それに、このあたりの農場にいる足の悪い馬やら、弱った子羊やら、みぃんな、やってきますよ。先生、動物のお医者におなりなさい。」

エサ売りのおじさんが帰ったあと、オウムのポリネシアが窓から先生のテーブルに飛んできて言いました。

「あのおじさんの言うとおりですよ。そうなさい。動物のお医者さんになりなさいな。先生が世界一のお医者さんだとわからないような、ばかな人間は相手にしなくていいから。かわりに動物を診てあげて。動物には先生のすばらしさが、すぐにわかりますよ。動物のお医者さんにおなりなさい。」

「しかし、獣医はたくさんいるよ。」ドリトル先生は、植木ばちの花を窓の外に出して雨がかかるようにしながら言いました。

「そりゃあ、いるわよ」と、ポリネシアは言いました。「でも、いい医者なんか、ひとりもいやしませんよ。ねえ、先生、いいこと教えてあげる。動物がことばを話すって知ってる？」

「オウムは話すね」と、先生は言いました。

「ええ、あたしたちオウムは、二か国語を話すわ――人間のことばと、鳥のことばをね。」ポリネシアは得意そうに言いました。

「『ポリーは、クラッカーがほしいよ』って言ったら、先生はわかるでしょ？　じゃあ、これはどう？『カカ、オイイ、フィフィ』？」

「なんてこった！」先生はさけびました。「それは、どういう意味だい？」

「これはね、鳥のことばで『おかゆはできたかな？』ってこと。」

「ええっ！　まさか！」と、先生は言いました。「そんな言いかた、一度も私にしたことないじゃないか。」

「あたりまえでしょ？」ポリネシアは、左のつばさからクラッカーの粉をはらいのけながら言いました。「言ったって、先生にはわからないもの。」

「もっと教えてくれ。」先生は、すっかりわくわくして、食器だなの引き出しへ走っていって、メモ帳とえんぴつをとって、もどってきました。

「さあ、ゆっくり言ってくれ。書きとめるから。こいつはおもしろい、実におもしろい――聞いたこともない。まず鳥のあいうえおを教えてくれ。ゆっくりと。さ、はじめてくれたまえ。」

こうして、先生は、動物には動物のことばがあって、おたがいに会話できるのだと知ったのでした。そしてその日の午後じゅう、雨が降りつづくあいだ、オウムのポリネシアは、台所のテーブルにすわって先生に鳥のことばを書きとらせてあげました。

おやつの時間に、犬のジップが入ってくると、ポリネシアは先生に言いました。

「ほら、ジップが先生に話しかけていますよ。」

「耳をかいているようにしか見えないがな」と、先生は言いました。

「動物は口で話すとはかぎりません」と、ポリネシアは、まゆをつりあげて、かん高い声で言いました。「耳や足やしっぽ、なんでも使って話すんです。音をたてたくないときもありますからね。お鼻の横をひくひくさせているのがわかりますか？」

「どういう意味だい？」と、先生は言いました。

「『雨がやんだの、知らないの？』という意味ですよ」と、ポリネシアが答えました。

「質問しているんです。犬は、質問するとき、たいてい鼻を使います。」

やがて、先生はポリネシアに手伝ってもらいながら、動物のことばがかなりよくわかるようになって、自分で話しかけることもできれば、動物の言っていることもすっかりわかるようになりました。そこで、先生は、人間のお医者さんをきっぱりやめてしまいました。

ネコのエサ売りのおじさんが、ドリトル先生が動物のお医者さんになったとみんなに言いふらすと、おばあさんたちがケーキを食べすぎたペットのパグやプードルといった犬を連れてきたり、遠くから農家の人たちが病気の牛や羊を連れてきたりしました。

ある日のこと、農馬が連れられてきましたが、この馬は、先生が馬のことばを話せると知って、たいそうよろこびました。

「のう、先生」と、馬は言いました。「山のむこうの獣医は、なあんも知らんのじゃよ。もう六週間も、わしのかかとにこぶができた言うて治療しちょるが、わしに必要なのはメガネなんじゃ。片目が見えんようになってきた。馬だって人間と同じようにメガネをかけちゃならん理由なんてなかろう。じゃが、山のむこうのばかな医者は、わしの目をよう見もせんで、でかい飲み薬ばかりくれよる。教えちゃろうとしたが、馬のことばが、からっきし通じん。わしに必要なのはメガネなんじゃ。」

「わかった、わかった」と、先生は言いました。「すぐに作ってあげよう。」

「先生のメガネみたいなのがええのう」と、馬は言いました。「ただ、サングラスにしてくれ。そしたら、二十ヘクタールの畑をたがやしちょるあいだも、日光が目に入らんですむ。」

「よし、わかった」と、先生。「サングラスをあげよう。」

「こまったことはのう、先生。」先生が玄関のドアをあけて馬を外に出してやろうとしたときに、馬が言いました。「こまったことは、動物が文句を言わんちゅうそれだけの理由で、だれでも動物の医者になれると思うちょることじゃ。動物のええ医者になるにゃ、人間のええ医者なんかより、ずっとかしこい人でなきゃならん。うちの農場にいる小僧は、馬のことは、なんでも知っちょるつもりじゃが――先生に会わせたいもんじゃ――顔がぶくぶく太って、目なんてないみたいだし、脳みそなんかは、じゃがいもにたかる虫ほどもありゃあせん。先週は、わしに、からし軟膏をぬろうとし

A 1
B 2
C 3
D 4

よった。」

「どこにぬったんだね？」と、先生はたずねました。

「いやあ、どこにもぬらせたりせん」と、馬は言いました。「ぬろうとしよったから、アヒルの池にけりこんでやった。」

「おやおや！」

「わしは、たいてい、おだやかなんじゃがね。人に対してがまんづよいし、さわぎたてたりもせん。だが、獣医がまちがった薬をくれよるだけでもうんざりしとるところへ、あの赤ら顔のまぬけが、ばかなことしよるんは、がまんならんかったんじゃ。」

「その子を、ずいぶん痛い目にあわせたのかい？」

「とんでもない。しりをけっとばしただけじゃ。獣医が今あの小僧の手当てをしちょる。わしのメガネは、いつできるとね？」

「来週には、できているよ。火曜日にまたいらっしゃい。では、さようなら！」

ドリトル先生は、すてきな大きなサングラスを作ってあげたので、農馬は片目が見えなくならずにすみ、とてもよく見ることができました。

やがて、パドルビーあたりの田舎では、農場の動物がメガネをかけるのがあたりまえになり、目の見えない馬はいなくなったほどです。

先生のところにやってきたほかの動物たちも、こんな調子でした。先生が動物のことばを話すとわかるやいなや、どこが痛いか、どんな気分なのか話したので、すぐに治してあげられたのです。

こうした動物たちは、家に帰ると、大きなお庭のある小さなおうちには本物の医者がいると兄弟や友だちに話しました。どんな生き物でも病気になると――馬や牛や犬だけでなく、カヤネズミや、ミズハタネズミや、アナグマや、コウモリといった野原に住む小さな動物たちも――町はずれの先生のところにおしかけてきたので、大きなお庭はいつも先生に診てもらいたい動物たちでごったがえしました。

あんまりたくさんやってきたので、動物の種類に応じて別々のドアを作ってやらなければなりませんでした。先生は表玄関に「馬」と書き、裏口に「牛」、勝手口に「羊」と書きました。どんな動物にも専用のドアがありました――ネズミでさえ、地下室に入る小さなトンネルを作ってもらって、先生がいらっしゃるまで、そこでじっと列を作って順番待ちをしたのです。

こうして数年がたつと、医学博士ジョン・ドリトルの名前は、ずっと遠くまで、あらゆる生き物に知れわたるようになりました。冬に異国に飛んでいく鳥たちは、動物のことばがわかって助けてくれるすばらしい医者が湿原のほとりのパドルビーにいらっしゃるのだと外国の動物たちに話しました。このようにして、先生は、世界じゅうの動物たちのあいだで有名になり、イギリス西部の人間に知られていた以上に知られるようになりました。先生はうれしくて、大満足でした。

ある日の午後、先生がいそがしく本に書きこみをしていると、いつものように窓辺にすわって庭の木の葉が風にゆれているのを見ていたオウムのポリネシアが、大声で笑いだしました。

「どうした、ポリネシア？」先生が本から顔をあげてたずねました。

「考えていたんです」と、ポリネシアは言って、葉っぱをながめつづけました。

「なにを？」

「人間のことを」と、ポリネシアは言いました。「人間ってほんとにいやになっちゃう。自分たちこそすばらしいとうぬぼれているんだもの。世界ができてから何千年もたつわけでしょ？　それなのに、人間が理解できるようになった動物のことばなんて、犬がしっぽをふると『うれしい』ってことぐらい。――ね、おかしいじゃありませんか？　先生が、あたしたちみたいにしゃべったまさに最初の人ですよ。ああ、ほんとに人間っていや――気どっちゃって――『物言わぬ動物』とか言っちゃって。『物言わぬ』ですって！　ふん！　口なんか開かないで七通りの『おはよう！』が言えるコンゴウインコをあたしゃ知ってるけど、あのインコは、どんなことばだって――ギリシア語だって――話しましたね。白ひげの年配の教授に買われたんだけど、そこに長くはいませんでした。教授がギリシア語をちゃんと話せなかったそうなんです。教授がまちがったことばを教えているもんだから、とても聞いていられなかったそうです。あのインコ、今どうしているかなぁ。あの鳥は、人間なんかよりもずっと地理を知っていましたよ。――人間なんて！　ほんと！　人間が、そこいらのイワヒバリみたいに空を飛べたりしたら――そりゃあもう、大得意で、とめどなく話しはじめるでしょうね！」

「君は、物知りの年寄り鳥だ」と、先生は言いました。「いったい、いくつなんだね？　オウムや象は、ときどき、とても長生きをするけれども。」

「さあ、どうでしょうかね」と、ポリネシアは言いました。「百八十三か、百八十二でしょう。でも、そういえば、あたしがアフリカから初めてイギリスにやってきたとき、のちにチャールズ二世王となった王子さまはまだナラの木の洞にかくれてたわね――だって、あたしゃ、王子さまを見たんだもの。死にそうにおびえてましたよ。」

戦争に負けたチャールズ王子がナラの木にかくれたのは一六五一年のこと――ドリトル先生のお話の舞台は一八三四年ぐらいなのです。

第三章　またしても、お金の問題

こういうわけで、先生はまた、お金をかせぐことができました。妹のサラも新しい服を買ったりして、楽しい暮らしができるようになりました。

先生のところにやってきた動物のなかには、重病のため一週間ほど先生のおうちに泊まっていかなければならないものもありました。病気がよくなってくると、動物たちは、芝生の上にいすを出してすわっていたものです。

ときどき、病気が治ったあとでも、先生とおうちが気に入ってしまって、退院したがらない動物もいました。そして、「まだ、いてもいいですか」とたずねられると、先生は、とてもことわれなかったのです。こうして、おうちには、どんどん動物たちがふえていきました。

ある夕方、先生がお庭の塀の上にすわって、パイプを吹かしていると、イタリア人のオルガンひきが、サルになわをつけてやってきました。先生は一目見るなり、サルが汚れていて、首輪もきつそうで、かわいそうだと思いました。そこで、先生は、オルガンひきからサルをとりあげ、一シリングをはらって、男を追いはらいました。男はたいそう腹をたて、サルを手放したくないと言いましたが、先生は「どこかに行ってしまわないと、鼻にパンチをおみまいするぞ」と言いました。ドリトル先生は、背は低かったけれど、腕っぷしは強かったのです。

そこで、男はにくまれ口をたたきながらいなくなり、ドリトル先生のところにとどまったサルには、すてきなおうちができたわけです。おうちにいたほかの動物たちは、このサルのことをチーチーと呼びました。これは、サルのことばで「元気」という意味です。

それからまた、パドルビーの町にサーカスがやってきたときのことです。ワニが、ひどい歯痛になって、夜、サーカスから逃げだして、先生のお庭にやってきました。先生はワニ語で話しかけて、ワニをおうちに入れ、歯を治してあげました。

でも、「いろんな動物それぞれに居場所があって、なんてすてきなおうちなんだろう」と思ったワニは、自分もいっしょに暮らしたがり、「お庭のすみにあるお池においてくれませんか。お魚を食べたりしませんから」とお願いしました。サーカスの人たちがワニを連れもどしにやってくると、ワニは大暴れをしたものですから、みんなこわがって逃げてしまいました。でも、おうちに住んでいるみんなに対しては、ワニはいつも、まるで借りてきたネコのようにおとなしかったのです。

ところが、ワニがいると、おばあさんたちはこわがって、かわいいワンちゃんをドリトル先生のところへよこさなくなりました。農家の人たちも、病気を治してもらうと連れていくと、子羊や子牛がワニに食べられてしまうと思いました。そこで、先生はワニに、サーカスへもどってくれと言いました。けれども、ワニは大つぶの涙をぽろぽろこぼして、ここにいさせてくれといっしょうけんめいたのむので、先生にはとても追い出せなくなってしまいました。

すると、先生の妹のサラが言いました。

「兄さん、あのワニをよそへやらなきゃだめよ。農家の人たちも、おばあさまがたも、こわがって、兄さんのところへ動物をよこさないじゃない。少し暮らしむきがよくなりかけてきたのに、これですっかりおじゃんだわ。もう私も、かんにんぶくろの緒が切れますからね、あのアリゲーター〔口先がU字型のワニ〕をよそへやってくれないなら。」

「あれはアリゲーターじゃない」と、先生は言いました。「あれはクロコダイル〔口先がV字型のワニ〕だよ。」

「なんだっていいわ。あんなのにベッドの下にいてほしくないの。おうちのなかに入れないで。」

「でも、あいつは約束してくれたんだ。だれにもかみついたりしないって。あいつはサーカスがきらいで、私には、あいつをふるさとのアフリカへ送り返してやるお金がない。あいつはだれにも迷惑をかけてないし、たいてい、とてもおぎょうぎよくしている。そんなにがみがみ言うなよ。」

「ワニなんか、絶対にいや。あのワニ、ぴかぴかにした床を食べちゃうのよ。たった今、あのワニを追い出さないなら、私――私、出ていって、結婚するわ！」

「わかった。出ていって、結婚するがいい。しかたがない。」

それから先生は、ぼうしをとって、庭に出ていきました。

そこで、サラ・ドリトルは荷造りをして出ていってしまいました。こうして、先生ひとりだけが動物たちと残ったのでした。

あっという間に、先生は、前よりももっとびんぼうになりました。食べさせなければならない動物はたくさんいるし、家事もあるのに、服をつくろってくれる人もおらず、肉屋さんへの支払いをするお金も入ってきませんから、事態はとても深刻になってきました。でも、先生はちっとも心配などしていませんでした。

「お金なんてめんどうだ」と、先生はよく言ったものです。「あんなもの、発明されなきゃ、ずっとよかったのに。しあわせだったら、お金なんてどうでもいいじゃないか。」

でも、やがて動物たちのほうが、心配しはじめました。そしてある晩、先生が台所の暖炉の前のいすで、居眠りをしているとき、動物たちはひそひそと相談をはじめました。算数の得意なフクロウのトートーが、あと一週間もつだけのお金しか残っていないと計算しました――みんなが一日一食しか食べないとして、です。

そこで、オウムのポリネシアが言いました。

「みんな自分で家の仕事をしなきゃだめね。少なくとも、それくらいはできるでしょ。結局のところ、あたしたちのせいで、先生はひとりっきりでびんぼうなんだもの。」

そこで、サルのチーチーがお料理とつくろいものをすることに決まりました。犬のジップは、床そうじです。アヒルのダブダブは、はたきかけとベッドまわりのそうじ。フクロウのトートーは、家計簿をつけることになりました。そして、子ブタのガブガブがお庭の手入れです。オウムのポリネシアは、一番年上なので、お洗濯と家事のボスに決まりました。

もちろん最初は、みんな、新しい仕事がたいへんだと思いました――といっても、チーチーだけは手が使えるので人間のように仕事ができました。でも、やがてみんな、なれてきました。犬のジップが、モップのかわりに、しっぽにぼろきれをしばりつけて床をふくのは、とてもおもしろいものでした。しばらくすると、みんなとてもじょうずにできるようになったので、先生は、おうちがこんなにきれいになったことはない、と言いました。

こうして、しばらくのあいだは順調だったのですが、お金がないものですから、なにかにつけ、こまってしまいました。

そこで、動物たちは、庭木戸の外に野菜やお花のお店を出して、通りがかる人に大根やバラを売りました。

それでも、あれやこれやの請求書をはらいきれなかったのですが、いぜんとして先生はのんきでした。オウムのポリネシアが先生のところへ来て、魚屋さんがもう魚をくれなくなりましたと言うと、先生はこう言いました。

「気にしなくてもよろしい。ニワトリが卵を産み、牛が乳を出すかぎり、オムレツとプリンはできるんだから。それに、お庭にはたくさんの野菜がある。冬はまだまだ先だし。大さわぎせんでもよろしい。まるでサラだな――あいつはいつも大さわぎしとった。サラはどうしているかなあ。すばらしい女だった――ある面ではな。いやはや、まったく！」

でも、その年は、いつもより早く雪が降りました。そこで、足の悪い年寄り馬が、町はずれの森からたくさんのたきぎを運んできて、台所でどんどん火を燃せるようにしてくれたのですが、お庭の野菜はほとんど食べつくしてしまい、残ったものも雪ですっかりうもれてしまいました。動物たちは、いよいよ、おなかがすいてきました。

第四章　アフリカからの知らせ

その冬は、とても冷えこみました。そして、十二月のある夜、みんなが台所の温かい火をかこんですわって、先生が動物のことばで自ら書いた本をみんなに読み聞かせていたとき、フクロウのトートーがふいに言いました。

「しっ！　外でなにか音がするよ。」

みんなは耳をすましました。すると、だれかが走ってくる音がして、それからドアがバンとあくと、サルのチーチーが、息せき切って、かけこんできました。

「先生！」と、チーチーはさけびました。「たった今、アフリカのいとこから知らせがあったんです。アフリカじゃ、サルにひどい病気がはやっていて、みんなに伝染して——何百匹もバタバタとたおれているんだそうです。いとこたちは先生のことを聞きつけて、先生に、どうかアフリカに来て病気を食い止めてくださいとたのんできているんです。」

「その知らせは、だれが運んできたのかね？」先生はメガネをはずし、本を置きながら、たずねました。

「ツバメです」と、チーチー。「今、外の天水おけにとまっています。」

「なかへ入れて、火のそばに連れてきなさい」と、先生。「寒さでふるえているだろう。ほかのツバメはみんな六週間前に南へ飛んでいっているというのに！」

そこで、ちぢみあがって、ぶるぶるふるえているツバメが、なかへ通されました。最初は少しおびえていましたが、やがてあたたまってくると、ツバメは暖炉のかざりだなのはしにすわって、話しはじめました。

話が終わると、先生は言いました。

「アフリカには行きたい――とくに、こんな凍えるような寒さだと、なおさら行きたい――が、アフリカ行きのきっぷを買うだけのお金がない。貯金箱をもってきてごらん、チーチー。」

サルは、食器だなの一番上までのぼって、貯金箱をとってきました。

そのなかには、なんにもありませんでした。たったの一ペニーも！

「たしか、二ペンス残っていたはずなんだがなあ」と、先生は言いました。

「ありましたよ」と、トートーが言いました。「でも、ほら、アナグマのあかちゃんに歯が生えてきたとき、それでガラガラを買っておしまいになったんですよ。」

「そうだっけ？」と、先生は言いました。「いやはや、まったく！　なんてめんどうなものだ、お金というのは、ほんとうに！　まあ、よろしい。ひょっとして海辺へ行ったら、船でも借りてアフリカへ行けるかもしれない。はしかのあかちゃんを連れてきた船乗りがいたっけ。あの人が船を貸してくれるかもしれない――あかちゃんは治ったわけだし。」

そこで、翌朝早く、先生は海辺へ行ってみました。そして、帰ってくると、動物たちに、だいじょうぶだと言いました――船乗りは船を貸してくれる、と。

ワニとサルとオウムは、「ふるさとのアフリカへ帰れる」と、とてもよろこんで歌を歌いはじめました。すると、先生が言いました。

「連れていけるのは、君たち三匹のほかは、犬のジップと、アヒルのダブダブと、子ブタのガブガブと、フクロウのトートーだけだ。眠りネズミやミズハタネズミやコウモリといったほかの動物は、私たちが帰ってくるまで、それぞれ自分の生まれた野原にもどって暮らしてくれたまえ。でも、たいていみんな冬ごもりをして眠ってしまうからだいじょうぶだな。それに、そういった連中はアフリカに行かないほうがいい。」

それから、以前に長い船旅をしたことのあるオウムのポリネシアが、船になにをもっていったらいいかぜんぶ教えてくれました。

「船乗り用のパンをたくさんもっていくんです」と、ポリネシア。「そういうのをね、〝乾パン〟っていうんですよ。それから牛肉のかんづめ――それに錨。」

「錨は船についているだろう」と、先生。

「念のためですよ」と、ポリネシア。「だって、とても大切ですからね。錨がないと、とまれないんですよ。それから、鐘もいります。」

「なんのために？」先生はたずねました。

「時間を告げるためです」と、ポリネシア。「三十分ごとに鳴らすんです。そしたら、何時だかわかるでしょ。それからロープをどっさり――船旅じゃ、いつだって重宝しますよ。」

いったいそんなものを買うお金を、どこから手に入れたらいいのでしょう。みんなは、頭をひねることになりました。

「ああ、もう！　また、お金だ」と、先生はさけびました。

「まったく！　お金のいらないアフリカへ早く行きたいもんだ！　船旅から帰ってくるまで支払いを待ってくれるかどうか、お店に聞いてみよう。いや、船乗りに聞いてきてもらおう。」

そこで、船乗りが、お店に行ってくれました。そして、まもなく、必要なものをぜんぶ持ってもどってきてくれました。

それから、動物たちは荷造りをしました。水道管がこおらないように水をとめて、雨戸をしめて、家の戸じまりをして、馬小屋で暮らす年寄りの馬に鍵をわたしました。馬小屋の二階に、馬が冬じゅう食べても食べつくせないほどの干し草がどっさりあることをたしかめてから、みんなは荷物を海辺へ運び、船に乗りこみました。

ネコのエサ売りのおじさんが、見送りにきてくれました。お別れのおくりものに、大きなスエット・プディングを持ってきてくれました。スエット・プディングというのは、バターのかわりに牛や羊のあぶらを使って作る、干しブドウが入った蒸しケーキです。外国にはスエット・プディングなんかないと聞いてもってきてくれたのです。

船に乗るとすぐに、子ブタのガブガブが、ベッドはどこかとたずねました。だって、もう午後四時で、お昼寝をしたかったからです。オウムのポリネシアが船の下の階に連れていってくれて、本だなみたいに、上から下まで、壁にいくつも並んだベッドを教えてくれました。

「え、これ、ベッドじゃないでしょ！」と、子ブタのガブガブはさけびました。「たなじゃないの！」

「船のベッドっていうのは、こういうもんだよ」と、ポリネシアは言いました。「たなじゃないよ。入って、寝てごらん。こういうのをね、〝寝棚〟っていうんだよ。」

「まだ寝ないことにする」と、ガブガブ。「どきどきして眠れない。また上にあがって、船が出発するのを見ようっと。」

「あんたの初めての旅だもんね」と、ポリネシア。「まっ、しばらくしたら、なれるさ。」

そしてポリネシアは、こんな歌を口ずさみながら船の階段をあがっていきました。

黒海（こっかい）、紅海（こうかい）、見てきたぜ。
ぐるりめぐった、ワイト島。
でっかい航海、してきたぜ。
黄河（こうが）も見つけた、おめでとう。

グリーンランドよ、いざさらば。
青い海原、一期一会。
いろんな色にあきたらば、

帰ろう、ジェーンが待つ町へ。

さあ、いよいよ出航だというときになって、先生が、ひき返したいと言いだしました。船乗りにアフリカへの行きかたを教えてもらうのを忘れてしまったと言うのです。でも、ツバメが、何度もあの大陸へ行ったことがあるから、教えてあげましょうと言ってくれました。

そこで、先生は、サルのチーチーに錨をあげるように言い、ついに、旅がはじまったのです。

第五章 大航海

さて、それから、まるまる六週間、うねる波をかきわけ、かきわけ、旅はつづきました。船の前を飛ぶツバメにひたすらついていって、道を教えてもらうのです。夜には、ツバメが小さな明かりをかかげてくれたので、暗闇にツバメを見失うこともありませんでした。通りがかったほかの船の人たちは、あれは流れ星にちがいないなどと言いました。

南へ、南へと進むにつれ、どんどん暖かくなってきました。オウムのポリネシア、サルのチーチー、そしてワニは、熱い太陽が大好きでしたから、はしゃいでかけまわり、まだアフリカは見えないかしらと、船のわきから身を乗り出しました。

でも、子ブタと犬とフクロウは、暑いとなにもできず、甲板のすみにある大きなたるの陰で、舌をだらりと出しながら、レモネードを飲んでいました。

アヒルのダブダブは、暑くてかなわないわと、海に飛びこみ、船のあとについて泳いでいましたが、ときどき、頭のてっぺんがあまりに熱くなると、船の下にもぐりこんで反対側から出てきたりしました。そんなことをしながら、火曜日と金曜日には、ニシンをつかまえてくれたので、船に乗っているみんなは、魚を食べて、牛肉を節約できたのでした。

赤道近くまでくると、トビウオがやってくるのが見えました。魚たちは「これはドリトル先生の船ですか」と、オウムのポリネシアにたずねました。

「そうです」と、ポリネシアが答えると、トビウオたちは「それはよかった。アフリカのサルたちは、先生が来てくださらないんじゃないかと心配していますよ」と言いました。ポリネシアが「あとどれぐらいですか」とたずねると、「あと、ほんの九十キロぐらいで、アフリカの海岸です」と教えてくれました。

また、あるときには、イルカの大群が波をぬってやってきて、やはり「この船はあの有名な先生のものですか」と、ポリネシアにたずねました。「そうです」と答えると、「ご旅行中、先生はなにかご不自由なさっていませんか」と、聞いてくれました。

そこで、ポリネシアが言いました。

「ええ、タマネギが不足しています。」

「ここから遠くないところに島がありますよ」と、イルカが言いました。「そこに野生のタマネギが、どっさり生えています。このまま、まっすぐ進んでいらっしゃい——そのあいだに、少しとってきてあげましょう。」

そう言うと、イルカたちは、ものすごいスピードで海のなかへ消えていきました。そしてすぐまた姿を見せ、海草でできた大きな網にタマネギを入れて、波間をひきずりながら、うしろを追ってきてくれたのです。

次の日の夕方、日がしずむとき、先生が言いました。

「望遠鏡をもってきてくれ、チーチー。旅はもうすぐ終わるぞ。もう今にも、アフリカの海岸が見えるはずだ。」

そして約三十分後、たしかに、前方になにか陸らしきものが見えてきました。でも、あたりがどんどん暗くなってきたので、それが陸かどうかはっきりしませんでした。

やがて、たいへんな嵐になりました。いなずまが光り、かみなりが鳴り、風がうなり、どしゃ降りの雨のなか、波が、船の上まで高くあがってバシャンと船を打ち、甲板を洗いました。

やがて、大きなドスン！という音がしたかと思うと、船がとまり、横だおしになってしまいました。

「どうしたんだ？」先生が、下からあがってきながら、たずねました。

「わかりません」と、オウムのポリネシアが言いました。「ですが、遭難したんだと思います。アヒルに見にいかせてください。」

そこで、ダブダブは、波のなかにザブンと飛びこみ、やがて顔を出すと、船が岩にぶつかったと言いました。船の底に大きな穴があいて、水が入ってきているから、どんどんしずんでいると言うのです。

「アフリカに、つっこんじまった」と、先生は言いました。「いやはや、まったく！しょうがない、みんな、岸まで泳ごう。」

でも、サルのチーチーと子ブタのガブガブは、泳げません。

「ロープをとってきて！」と、ポリネシアが言いました。「役に立つって言ったでしょ？　あのアヒルはどこ？　おいで、ダブダブ。このロープの先をくわえて岸まで飛んでいって、ヤシの木に結びつけてきてちょうだい。こっちのはしは、船で持っているから。泳げない連中は、ロープを伝って岸まで行くのよ。こういうのをね、〝命づな〟っていうんですよ。」

そうして、みんなは、無事に岸にあがりました。泳ぐものもあれば、飛ぶものもありました。ロープを伝っていったものは、先生のトランクと診察かばんを運びました。

けれども、底に大きな穴のあいた船は、もうだめになってしまいました。やがて、荒波のせいで船は岩にぶつかってこなごなにくだけてしまい、木材は流れさってしまいました。

みんなは、がけの上のほうに見つけた、かわいた居心地のよいほら穴に避難して、嵐がやむのを待ちました。

翌朝、日がのぼると、みんなは砂浜へおりて、日光浴をしました。

「なつかしきアフリカだ！」ポリネシアが、ため息をつきました。「帰ってこられて、うれしいなぁ。考えてもみてよ――あたしがここを出てから、あしたで百六十九年ぶり！ それなのに、ちっとも変わっていない！ むかしどおりのヤシの木、むかしどおりの赤土、むかしどおりの黒アリ！ やっぱり、ふるさとはいいわぁ！」

その目がうるんでいることは、だれの目にも明らかでした。ふたたびふるさとに帰ってこられたことが、それほどうれしかったのです。

そのとき、先生は、シルクハットがないことに気づきました。嵐で海へ吹き飛ばされてしまっていたのです。そこで、アヒルのダブダブが、さがしに出かけました。やがて、ずっと遠くの波の上に、小舟のように、浮かんでいるぼうしを見つけました。

それをとろうとして、おりていってみると、ぼうしのなかには、おびえきった白ネズミがいました。

「こんなところで、なにをしているの？」アヒルのダブダブは、たずねました。「君は、パドルビーに残っているはずじゃないの？」

「置いてきぼりは、いやだったの」と、ネズミは言いました。「アフリカってどんなところか見たかったんでちゅ——親類もいるところだし。だから、荷物にかくれて、乾パンといっしょに船に入りこんだんだ。船がしずんだときは、ちゅごくこわかった。ぼく、あんまり泳げないから。泳げるだけ泳いだけど、すぐちゅかれて、しずんじゃうような気がちたんだ。ちょうどそこへ、先生のぼうしが流れてきたから、なかに入ったの。おぼれたくなかったんだもん。」

そこで、アヒルのダブダブは、ネズミ入りのぼうしをくわえて、岸にいる先生のところへ持って帰ってきました。みんな、とりかこんで、のぞきこみました。

「こういうのをね、〝密航〟っていうんですよ」と、ポリネシアが言いました。

やがて、白ネズミのために、みんながトランクのなかに快適な場所を作ってやろうとしていると、サルのチーチーがふと言いました。

「しっ！　ジャングルから足音がする！」

みんな、いっせいに、話すのをやめて耳をすましました。やがて、森のなかから、黒人が出てきて、ここでなにをしているのかとたずねました。

「私は、ジョン・ドリトルです――医学博士です」と、先生は言いました。「病気のサルたちを治すためにアフリカに来てくれとたのまれて来たのです。」

「みな、王さまのご前に出ろ」と、男の人は言いました。

「なんの王さまですか？」先生は、時間をむだにしたくないと思ってたずねました。

「ジョリギンキ国の王だ。」男の人は答えました。「このあたりの土地は、みな王さまのものだ。よそ者はみな、王さまの前にひき出される。ついてこい。」

そこで、みんなは荷物をかつぎあげて、この人についてジャングルへ入っていきました。

第六章　ポリネシアと王さま

うっそうとした森を少し進んだところで、ひらけた場所にやってきました。そこには、どろをかためてできた王さまの宮殿がありました。

そこに、お妃(きさき)さまのアーミントルードと息子のバンポ王子といっしょに、王さまが暮らしていました。王子は川にサケ釣りに出かけていて留守でしたが、王さまとお妃さまは、宮殿の玄関先のパラソルの陰にすわっていました。お妃さまは眠っていました。

先生が宮殿にやってきますと、王さまは「なんの用があって来たのか」とたずね、先生はアフリカに来たわけを話しました。

「わが国を通ってはならぬ」と、王さまは言いました。

「何年も前に、ある白人がこの国にやってきた。わしはとても親切にしてやったのに、そいつは地面に穴をほって金をとり、象をみな殺しにして象牙(ぞうげ)をとって、こっそり船で逃げおった。ありがとうも言わずにな。二度と白人に、このジョリギンキの国を通らせはしない。」

そして王さまは、近くに立っていた黒人たちに言いました。

「この薬屋と動物どもを連れていき、一番がんじょうな牢屋へぶちこめ。」

そこで、王さまの家来六人が、先生と動物たち全員を連れていき、石の牢屋にとじこめてしまいました。壁の高いところに、鉄格子の入った小さな窓がひとつあるきりです。しかも、扉はがんじょうで、分厚いものでした。

やがて、みんなは、とても悲しくなり、子ブタのガブガブは泣きだしました。でも、そんなわめき声はすぐにやめないとひっぱたくぞと、サルのチーチーが言ったので、ガブガブは泣きやみました。

「みんな、いるかな？」と、先生は、うす暗い明かりになれてきてから言いました。

「ええ、いると思います」と、アヒルのダブダブは言って、頭数を数えだしました。

「ポリネシアはどこ？」と、ワニが言いました。「いないよ。」

「ほんとかい？」先生が言いました。「もう一度見てごらん。ポリネシア！　ポリネシア！　どこだ？」

「逃げたんだよ、きっと。」ワニが、ぼやきました。「まったく、あいつらしいよ！

友だちがこまったことになったら、とたんにジャングルに雲がくれしやがって。」

「あたしゃ、そんな鳥じゃござんせんよ。」ポリネシアが、先生の長い礼服のおしりのポケットから、はい出してきて言いました。「あたしゃ、あの窓の格子をすりぬけられるほど小さいですからね、逆に、かごにでも入れられやしないかと心配だったんですよ。それで、王さまがぺちゃくちゃしゃべくっているあいだに、先生のポケットにかくれたってわけ――でもって、このとおり、また出てきました！　こういうのをね、〝策略〟っていうんですよ。」ポリネシアは、くちばしで羽をととのえながら言いました。

「なんてこった！」先生はさけびました。「君をおしりにしいちまわなくてよかった。」

「さあて、聞いてちょうだい」と、ポリネシアが言いました。「今晩、暗くなったらすぐに、あたし、あの窓の格子をぬけて宮殿まで飛んでいってみるからね――まあ、見ててちょうだい――なんとかして王さまに、みんなを牢屋から出してもらうよ。」

「なにができるっていうのさ？」子ブタのガブガブが、ブーブーと鼻を上につき出して、また泣きだしました。「ただの鳥なんかに。」

「そりゃ、あたしはただの鳥ですよ。」ポリネシアは言いました。「でも、忘れちゃいけない。あたしゃ、ただの鳥でも、人間みたいにしゃべることもできるんだよ――しかも、あの連中のことは、よーくわかっているのさ。」

そういうわけで、その晩、ヤシの木々から月光がこぼれ、王さまの家来たちがみなぐっすり眠りこけたころ、ポリネシアは、牢屋の格子をすりぬけて、宮殿へと飛んでいきました。前の週に宮殿の食料庫の窓がテニスボールで割れていたものですから、ポリネシアは、その穴から、ひょいとなかへ入りました。

宮殿の奥の寝室からバンポ王子のいびきが聞こえました。ポリネシアは、ぬき足さし足で階段をあがっていき、王さまの寝室まで来ると、そうっとドアをあけて、なかをのぞきこみました。

その晩、お妃さまは、いとこのダンスパーティーに出ていて、おりませんでしたが、王さまがベッドで、すやすやと眠っていました。

ポリネシアは、こっそりとなかへ入り、ベッドの下にもぐりこみました。

そして、咳ばらいをしました――ドリトル先生がよくやるような感じで。ポリネシアは、だれのまねでもできるのです。

王さまは目をあけて、眠そうに言いました。

「おまえかい、アーミントルード？」（お妃さまがダンスパーティーから帰ってきたと思ったんですね。）

それから、ポリネシアは、また咳をしました――男の人みたいに大きく。すると、王さまはすっかり目がさめて、身を起こして言いました。

「だれだ？」

「医者のドリトルだよ。」ポリネシアは、まさに先生が言いそうな感じで言いました。

「わしの寝室でなにをしているんだ？」王さまがさけびました。「よくも牢屋から出おったな！　どこにいる？　見えんぞ。」

ところが、ポリネシアは、ただ笑っただけでした――先生のように、ゆったりと、ごうかいに、ゆかいそうに。

「笑ってないで、すぐ出てこい、姿を見せろ」と、王さまは言いました。

「おろかな王だ！」と、ポリネシアは言いました。「おまえの相手は、医学博士ジョン・ドリトル、世界一すばらしい男だということを忘れたのかね？　もちろん、おまえに私は見えない。私は透明になっているからね。私にできないことはないんだよ。いいかね。今宵ここに来たのは警告するためだ。私と動物たちがこの国を通るのを許さないなら、この国の人たちをみな、サルたちのように病気にしてしまうぞ――私は小指をもちあげるだけで、病気を治すことも、病気にすることもできるのだ。兵隊たちに命じて、牢屋の扉をあけなさい。さもないと、ジョリギンキ国の山々に朝日がのぼるまでに、おまえをおたふく風邪にしてしまうぞ。」

すると、王さまはふるえだし、すっかりこわくなってしまいました。

「先生！」と、王さまはさけびました。「おっしゃるとおりにいたします。小指をもちあげないでください、お願いです！」

そして、王さまはベッドから飛び出し、走っていって、牢屋の扉をあけるように兵隊たちに命じました。

王さまがいなくなるとすぐに、ポリネシアはそっと下の階へおりて、食料庫の窓から宮殿の外へ出ました。

ところが、ちょうど裏口の鍵（かぎ）をあけて、なかに入ろうとしていたお妃さまが、割れたガラスからポリネシアが出ていくのを見てしまいました。王さまがベッドにもどってくると、お妃さまはそのことを話しました。

そこで、王さまは、自分がだまされたことに気づき、たいへん腹をたて、大急ぎで牢屋へかけつけました。

でも、あとの祭りでした。扉はあけっぱなしになっており、牢屋はからっぽ。先生と動物たちは、逃げてしまっていたのです。

第七章　サルの橋

お妃さまのアーミントルードは、夫がこんなに怒りくるったのを見たのは、その晩が初めてでした。腹をたてて歯ぎしりをし、みなに「あほう！」と当たりちらし、歯ブラシを宮殿のネコに投げつけ、パジャマのまま飛び出すと、兵隊たちを全員たたき起こし、先生をつかまえろとジャングルに送り出しました。しかも、家来全員も行かせました――料理番も、庭師も、とこ屋も、バンポ王子の家庭教師もです。きつい靴でおどって、つかれていたお妃さまでさえ、兵隊たちを手伝えと追いだされてしまったのです。

そのあいだ、先生と動物たちは、一目散に森のなかを、サルの国へ走っていました。

足の短い子ブタのガブガブはすぐにつかれてしまい、先生がだっこしてあげなければなりませんでしたが、トランクや診察かばんもありましたから、とてもたいへんでした。

ジョリギンキの王さまは、先生は異国の地で道を知らないだろうから、すぐに兵隊たちにつかまると思っていました。でも、そうではありませんでした。サルのチーチーが、ジャングルのあらゆる道を知っていたのです——王さまの兵隊たちよりもずっとくわしく。そして、先生と動物たちを、だれも足をふみいれたことのない森の一番奥深くへと連れていき、高い岩と岩のあいだにそびえる大きな木の洞にかくしました。

「ここでやりすごしましょう」と、チーチーは言いました。「兵隊たちがひきあげるまで。そしたら、サルの国へ進めます。」

そこで、みんなはその場で一夜をすごしました。

王さまの兵隊たちがあたりのジャングルをさがしたり、話したりしているのが聞こえましたが、みんなはまったく安全でした。このかくれがを知っているのは、チーチーだけだったのです。ほかのサルさえ知りませんでした。

ついに、頭上の厚い葉のあいだから朝の光が射しはじめると、妃アーミントルードがつかれきった声で「これ以上さがしてもむだです」と言うのが聞こえてきました。「もうひきあげて、休みましょう」と言っていました。

兵隊たちがすっかり引き返すと、チーチーは先生と動物たちをかくれ場所から外へ出して、一同はサルの国へむかいました。

長い、長い道のりでした。みんな、くたびれてしまい、とくに子ブタのガブガブは、へとへとになりました。ガブガブが泣いてしまうと、みんなは、ガブガブの大好きなココナッツミルクをあげました。

チーチーとオウムのポリネシアは、ジャングルに生えるナツメヤシ、イチジク、ピーナッツ、ショウガ、ヤムイモといったさまざまなくだものや野菜をすっかり知っていて、どこに生えているかも知っていたので、食べ物と飲み物はいつもたっぷりとることができました。野生のオレンジでレモネードを作り、木の洞にあるハチの巣からとったはちみつをまぜて、あまくして飲んだりもしました。どんなものを求められても、チーチーとポリネシアは、いつも——そのものずばりでなくても、それらしきものを——用意できるようでした。ある日、先生が、もってきたタバコを切らしてしまって、タバコが吸いたいというとき、タバコも手に入れてあげたくらいです。

夜は、ヤシの葉で作ったテントのなかで、かわいた草でできた分厚い、ふかふかのベッドで寝ました。そうこうするうちに、やがて歩きつづけるのにもなれてきて、あまりつかれなくなり、旅をするのがとても楽しくなりました。

それでも、夜が来て、休みをとるのは、やっぱりうれしいことでした。先生が棒をこすって小さな火をおこし、夕ごはんのあと、火をかこんでまるくなってすわると、ポリネシアが海の歌を歌ったり、チーチーがジャングルのお話をしたりするのを、みんなで聞くのです。

チーチーが語ったお話は、とてもおもしろいものでした。なぜって、サルは親から子へと語り伝えることで、むかしのできごとをすっかりおぼえていたからです。ドリトル先生はのちにサルの歴史を本にしましたが、サルには歴史の本などいらないくらいだったのです。チーチーは、おばあさんから教わったいろんなことを話してくれました。それは、ずっとずっとむかし、ノアの洪水よりも前、人間がクマの皮に身をつつんで岩穴に住み、火など見たこともなくて料理も知らないために、羊肉を生で食べていたころのお話でした。そのころ、山々をこえてさまよっていた大きなマンモスや、列車ほど長い恐竜が、木のこずえから葉を食べていたお話などをしたのです。みんなはあんまり夢中になって聞いていたので、お話が終わってみると火がすっかり消えていたなんてこともありました。そうすると、みんなはあちこち走りまわって、もっと枝を集めてきて、新しい火をおこさなければなりませんでした。

さて、王さまの兵隊たちが引き返して、先生を見つけられませんでしたと王さまに告げると、王さまは「もう一度さがしてこい、つかまえてくるまではジャングルから出るな」と命じました。先生と動物たちは、もうすっかりだいじょうぶだと思ってサルの国を目指していましたが、そのあいだにも、王さまの兵隊たちがまだあとを追っていたのでした。チーチーがそのことを知っていたら、きっとみんなをもう一度かくしてくれたことでしょうが、あいにく、チーチーも知らなかったのです。

ある日、チーチーは高い岩にのぼって木々のこずえごしに見張りをしていましたが、おりてくると、サルの国までもうすぐだと言いました。

はたしてその日の夕方、みんなが出会ったのは、沼のほとりの木の上でみんなを待ちわびていた、チーチーのいとこや、まだ病気になっていないたくさんのサルたちだったのです。有名な先生がほんとうに来てくれたとわかると、サルたちは歓声をあげて、葉っぱをふって、さわぎたてました。枝からぶらんこのようにして飛び出してきて、こんにちはを言うサルもおりました。

サルたちは、診察かばんやトランクなど、先生の持ち物をすっかり運びたがりました。一匹の大ザルなどは、またへたってしまった子ブタのガブガブをだっこしてくれました。それから、二匹のサルが、病気のサルたちに、えらい先生がついに来てくださったことを伝えに、先に飛び出していきました。

ところが、まだあとを追ってきていた王さまの兵隊たちは、サルがさわぐ音を聞きつけ、ついに先生の居場所をつきとめて、つかまえようとかけつけたのです。

ガブガブをだっこしていた大ザルが、うしろのほうでまごついているうちに、木々のあいだをこそこそとやってくる兵隊の隊長に気づきました。そこで、大ザルは急いで先生に追いついて、「逃げてください」と伝えました。

それから、みんなは、生まれてこのかたこんなに走ったことはないというぐらい走りました。あとを追う王さまの兵隊も走りだし、隊長が一番いっしょうけんめいに走りました。

そのうちに、先生は診察かばんにつまずいて、どろのなかに転んでしまったので、隊長は今度こそつかまえたぞと思いました。

しかし、隊長は、髪はとても短いのに、ずいぶん長い耳をしていました。そのため、先生をとりおさえようと飛びかかったとたん、片方の耳が木にひっかかってしまったのです。兵隊たちは、立ち止まって、助けてあげなければなりませんでした。

そのすきに、先生は立ちあがり、ふたたび走りはじめ、走りに走りました。チーチーがさけびます。

「もうだいじょうぶ！　もうすぐだ！」

けれども、サルの国を目の前にして、断崖絶壁にきてしまいました。下には川が流れています。ジョリギンキの王国はここで終わり、川のむこう側が、サルの国なのです。

犬のジップが、切りたった、けわしいがけっぷちから、下を見おろして言いました。

「うへえ！　どうやってむこう側へ行くんだよ？」

「きゃあ！」と、子ブタのガブガブが言いました。「王さまの兵隊がすぐそばまで来ているよ。見て！　また、牢屋へ入れられちゃうよ。」そして、泣きはじめました。

ところが、大ザルは、かかえていたブタを下へおろすと、仲間のサルたちに呼びかけました。

「みんな——橋だ！　急げ！　たった一分しかないぞ。ひっかかっていた隊長も自由になって、シカみたいにはねてくる。早くしろ！　橋だ！　橋だ！」

先生は、どうやって橋を作るんだろうとふしぎがって、どこかに板でもかくしてあるのだろうかとあたりを見まわしました。

しかし、がけをふりかえってみると、なんと、川の上に、ちゃんと橋がかかっているではありませんか。それも、生きたサルでできた橋です！　先生が背中をむけているあいだに、サルたちは、電光石火の速さで、ただ手足をとりあうことで自分たちが橋になったのです。

大ザルが先生にさけびました。

「上を歩いてわたってください！　わたって——みなさん——早く！」

川の上の、目もくらむような高いところにかかった、そんなにせまい橋をわたるなんて、ガブガブにはちょっとこわかったのですが、なんとかわたることができました。ほかのみんなも、わたれました。

ドリトル先生は最後にわたりました。先生がちょうど反対側に着く、まさにその瞬間、王さまの兵隊たちが、がけのはしまでおしよせてきました。

兵隊たちはこぶしをふりあげて、怒ってどなりました。もう手おくれだとわかったからです。先生と動物たちは無事にサルの国に着き、橋はこちら側にひきあげられました。

チーチーが、先生のほうをむいて言いました。

「大勢のえらい探検家や白いひげを生やした動物学者たちが、何週間もジャングルに身をひそめて、サルたちがこの技を見せるのを見ようとしてきましたが、ぼくらはいまだかつて白人にこれを見せたことはないんです。有名なサルの橋をごらんになったのは、あなたが初めてですよ。」

先生は、とてもうれしく思いました。

第八章　ライオンの大将

今やドリトル先生は、目がまわるほどいそがしくなりました。何百、何千ものサルたちが病気だったのです。ゴリラ、オランウータン、チンパンジー、犬みたいな顔をしたヒヒ、小さなキヌザル（マーモセット）、灰色のサル、赤いサル——きりがありませんでした。死んでしまっていたサルも、たくさんいました。

先生はまず、病気のサルと、元気なサルを別々にしました。それから、チーチーとそのいとこに、小さな葉っぱのおうちをつくってもらいました。次に、まだ元気なサルたち全員に、予防注射を受けにくるように言いました。

三日三晩というもの、ジャングルから、谷から、山から、サルたちが、この小さな葉っぱのおうちに続々とやってきて、先生は、昼も夜も、予防注射を打ちまくりました。

それから、もう一軒、おうちをつくってもらいました。たくさんのベッドが並んだ、大きなおうちです。病気になったサルたちは、このおうちに入りました。

でも、病気のサルが多すぎて、看病をしてあげる元気なサルが足りませんでした。そこで、ライオンやヒョウやレイヨウといったほかの動物たちに、看病を手伝ってくださいと伝えました。

ところが、ライオンの大将は、とてもいばっていました。ベッドがずらりと並んだ大きなおうちに来たとき、大将は怒って、ばかにするなという態度でした。

「よくも、おれさまにたのめたもんだな、先生？」

ライオンは、先生をにらみつけながら言いました。

「おれに――百獣の王である、このおれさまに――大勢のきたねえサルのめんどうをみろって？　こんなやつら、おやつにも食えやしねえ！」

ライオンはとてもおそろしいようすではありましたが、先生はできるだけこわくないふりをしました。

「食べてくれとたのんでいるわけじゃない。」先生は静かに言いました。「それに、きたなくもない。みんな、今朝おふろに入ったばかりだ。それよりおまえさんの毛皮のほうが、ブラシが必要なんじゃないかね――よっぽど。さて、いいかね、ひとつ教えてやろう。ライオンが病気になる日も、やがてやってくる。今、ほかの動物たちを助

けてやらなければ、ライオンがこまったことになったとき、だれからも見はなされるぞ。えらぶった人には、よくあることだ。」

「ライオンがこまったりするものか――だれかをこまらせることはあってもな。」

大将は鼻をつんとあげて言いました。そして、うまいことを言えた自分が、かなりかっこいいと思いこんで、ジャングルのなかへ、のっしのっしと歩いていってしまいました。

すると、ヒョウもまた、えらそうにして、手伝わないと言いました。もちろん、レイヨウもです。ただ、レイヨウは、恥ずかしがり屋で、おくびょうでしたから、ライオンのように、先生に対して無礼な態度をとったりはしませんでした。ただ地面をひっかいて、おろかな笑みを浮かべて、看病なんてしたことがないから、と言ったのでした。

こうなりますと、気の毒な先生は、いったいどうやって何千もの病気のサルの世話ができるのだろうと、なやみになやんでしまいました。

さて、ライオンの大将がねぐらに帰ってみると、奥さんであるライオンのお妃さまが、毛をふりみだして、かけよってくるではありませんか。

「ぼうやが一頭、なんにも食べないの」と、奥さんは言います。「どうしたらいいかわからないわ。ゆうべからなんにも食べてないのよ。」

そして、泣きだして、心配でふるえだしました。ライオンではありますが、やさしいおかあさんだったからです。

そこで、大将は、ねぐらに入って、子どもたちを見ました。とてもかわいらしいあかちゃんが二頭、床に寝ていました。そのうちの一頭は、ひどく具合が悪そうでした。

それから、ライオンはとても得意そうに、先生にどんなことを言ってきたかを奥さんに話しますと、奥さんは大将をねぐらから追いだしかねないけんまくで怒りました。

「あなたには、分別というものが、これっぽっちもないんだわ！」奥さんはさけびました。「ここからインド洋にいたるまでのあらゆる動物たちが、あのすばらしい先生の話をしてるというのに。どんな病気だって治せて、ものすごく親切で、動物のことばを話せる、世界でたったひとりの人だって！　それなのに、それなのに――あたしたちのあかちゃんが病気だっていうのに――あなたはわざわざ先生に無礼を働きにいった！　この大ばかもの！　りっぱなお医者さんに失礼なことをするなんて、ばかよ。あなたときたら――。」

そして奥さんは、夫の毛をひっぱりはじめました。

「もう一度、先生のところへすぐ行ってきて。」奥さんは、さけびました。「そして、ごめんなさいと言うのよ。ほかの、頭がからっぽのライオンたちも連れていきなさい――それから、ばかなヒョウとレイヨウたちも。そして、先生のお言いつけにはなんでもしたがうのよ。がんばって働きなさい！　そしたら、先生は、あとで、うちの子も診てくださるかもしれないわ。さあ、行きなさい！　急いで！　わかったの。あなたは父親失格よ！」

そして、奥さんは、おとなりさんのところへ行って、ほかのおかあさんライオンに、このことをすっかり話しました。

こういうわけで、ライオンの大将は、先生のところへもどってきて言いました。

「たまたまこっちを通りがかったから、ちょっとよってみたが、だれか手伝いに来てくれたかい？」

「いや」と、先生は言いました。「だれも来てくれないんだ。ほとほと弱りはてたよ。」

「最近じゃ、手伝いは、なかなか来てもらえんからな」と、ライオンは言いました。「動物たちは、もう働きたがらんようだ。まあ、動物が悪いわけじゃない……。えっと……どうやら先生、こまっているようだから、おれでよければ、なにかしてやろうか――役に立てればということで――サルを洗うのだけはごめんだけどね。ほかの狩り好きな動物たちにも手伝うように言ってきたよ。ヒョウは、もう今にも来るんじゃないかな。……ああ、ところで、うちに病気のあかんぼうがいるんだよ。まあ、大したことはないと思うんだが、妻が心配しているもんで。今晩、そっちのほうへ行くついでがありましたら、診てやってくれませんかねえ?」

先生はとてもよろこびました。だって、ライオン、ヒョウ、レイヨウ、キリン、シマウマなど、森と山と野原じゅうの動物たちが先生を助けに来てくれたのですから。あんまりたくさんやってきたので、いくらかは帰ってもらって、かしこそうなのだけに手伝ってもらうことにしました。

こうなると、サルたちはぐんぐんとよくなっていきました。一週間もたつと、ベッドが並んでいた大きなおうちは、半分は空になりました。二週目の終わりには、最後のサルが治りました。

こうして先生の仕事は終わり、先生はとてもくたびれたので、ベッドに入ると、三日間というもの、寝返りひとつ打たず、こんこんと眠りこけました。

第九章　サルの会議

サルのチーチーがドアの外に立って、先生が起きるまでみんなを近づけないようにしていました。目がさめると、ドリトル先生は、これからパドルビーに帰らなければならないとサルたちに言いました。

みんなは、とてもびっくりしました。だって、先生はいつまでもみんなといっしょにいてくれるものとばかり思っていたからです。その晩、サルたちは全員ジャングルに集まって、このことを話しあいました。

チンパンジーの大将が、立ちあがって言いました。

「どうして先生は、お帰りになるんだ？　おれたちといっしょにここにいるのは、いやなのか？」

だれも答えられませんでした。

すると、大ゴリラが立ちあがって言いました。

「みんなで先生のところへ行って、ここにいてくださいと、たのんでみたらどうだろう。ひょっとして、新しい家と、もっと大きなベッドを作って、大勢のサルの召し使いが先生のために働いて、いい暮らしができるようにしてあげますと言ったら、そしたら、もしかして、帰りたくなくなるかもしれないよ。」

そのとき、チーチーが立ちあがったので、みんなはささやきました。

「しー！　ごらんよ！　えらい冒険家のチーチーがなにか言うぞ！」

チーチーは、ほかのサルたちに言いました。

「諸君、先生にここにいてくださいとお願いしても、だめだと思う。先生はパドルビーでお金を借りておられて、帰ってそのお金をはらわなければならないんだ。」

サルたちはたずねました。「お金ってなあに？」

そこでチーチーは、人間の国では、お金なしにはなにも手に入らず、お金なしではなにもできず、お金なしでは生きていけないのだと話しました。

「お金がはらえないと、飲み食いできないの？」と、何匹かがたずねました。

チーチーは、うなずきました。そして、自分だって、オルガンひきといっしょのときは、子どもたちからお金をもらうよう仕むけられていたのだと言いました。

すると、チンパンジーの大将が、一番年寄りのオランウータンにむかって言いました。

「人間っていうのは、まったく、ふしぎな生き物だねえ！　そんな国に、だれが住みたいもんか。おどろいたよ、ばかげた話だ！」

そこで、チーチーが言いました。

「ぼくらが君たちのところへ来るとき、海をわたる船もなければ、旅の最中に食べるものを買うお金もなかったんだ。そこで、ある人がぼくらにビスケットをくれて、ぼくらは帰ったらそのお金をはらうと約束したんだ。それに、ある船乗りからは船を借りたけど、アフリカの海岸に着いたときに岩にぶつかってばらばらになってしまった。だから、先生は、帰って、船乗りに別の船を返さなきゃいけないとおっしゃるんだ――だって、その人は、びんぼうで、持っていたのはその船だけだったからね。」

サルたちはしばらく、しんとしていました。地面にじっとすわりこんだまま、いっしょうけんめいに考えていたのです。

ついに、一番大きなヒヒが立ちあがって、言いました。

「こんないい先生がぼくらの国を去るんなら、とってもいいおみやげをあげなきゃね。先生がぼくらのためにしてくれたことを、ぼくらがとてもありがたく思っているとわかってもらうために。」

木の上にすわっていた小さな赤いサルが下にむかってさけびました。

「ぼくも、そう思う！」

するとみんながさけんで、たいへんなさわぎになりました。

「そうだ、そうだ。白人がもらったこともないような、最高のおみやげをさしあげよう。」

そこで、みんなは、先生へのおみやげはなにが一番いいかと話しあいました。

一匹が言いました。「ヤシの実の入ったふくろ、五十個！」

別のサルは、「バナナ百房！　そしたらお金をはらって食べる国でも、くだものの代金をはらわずにすむよ！」と言いました。

でも、チーチーが、そうしたものは遠くまで運ぶには重すぎるし、半分も食べないうちに悪くなってしまうと言いました。

「先生をよろこばせたいのなら」と、チーチーは言いました。「動物をあげるんだ。先生はきっとやさしくしてくださるだろう。動物園にいないような、めずらしい動物をあげよう。」

サルたちは、たずねました。「動物園ってなあに？」

チーチーは、動物園とは人間の国にある場所で、そこでは動物がおりに入れられていて、人間が見にくるのだと説明しました。サルたちはびっくりぎょうてんして、おたがいに言いました。

「人間っていうのは、おろかな子どもみたいなものだね――ばかげたことをして、おもしろがる。しー！　牢屋のことだよ。」

　それから、みんなは、どんなめずらしい動物を先生にあげたらいいかとチーチーにたずねました――人間が見たこともないものってなあに？

「イグアナは、あちらにいるかい？」キヌザルの大将がたずねました。

　しかし、チーチーは答えました。「うん。ロンドン動物園にいる。」

　ほかのサルがたずねました。「オカピ（小さなキリンのような動物）は、いるかい？」

　でも、チーチーは言いました。「うん。五年前オルガンひきが連れていってくれたベルギーという国の、アントワープという大きな町に、オカピがいたよ。」

　ほかのものがたずねました。「ボクコチキミアチはいるかい？」

　すると、チーチーは言いました。「いや。ボクコチキミアチを見た人はいないね。先生に、ボクコチキミアチをあげよう。」

第十章　世にもめずらしい動物

ボクコチキミアチは、今では絶滅してしまいました。つまり、もういないということです。しかし、ずっとむかし、ドリトル先生が生きていたころは、アフリカのジャングルの奥地に、まだいくらか生きていたのです。そして、そのころでさえ、とてもめずらしい動物でした。しっぽのかわりに、もうひとつ頭がついていて、どちらの頭にも、するどい角が生えていました。たいへんな恥ずかしがり屋で、ひどくつかまえにくいのです。アフリカ人は、気づかれないようにそっとうしろからしのびよって動物をつかまえますが、ボクコチキミアチには、そんなことはできません。だって、どちらから近づこうと、いつもボクコチキミアチの頭がこちらをむいているからです。それに、頭の片方ずつ眠るので、反対側はいつも起きていて見張っています。だから、つかまえられず、動物園にもいないのです。とても腕のいい狩人(かりうど)や頭のいい動物園経営者たちが一生のうち何年もついやして、雨の日も風の日もボクコチキミアチを求めてジャングルをさがしまわりましたが、一頭もつかまったことはありませんでした。今よりずっとむかしのそのころでさえ、頭がふたつある動物は、世界じゅうで、ボクコチキミアチだけでした。

さて、サルたちは、ボクコチキミアチをさがしに森で狩りをはじめました。ずいぶんあちこちさがしたところで、一匹のサルが川のほとりの近くで、変わった足あとを見つけたので、すぐ近くにボクコチキミアチがいるとわかりました。

川の土手に沿ってしばらく行くと、草がぼうぼうにしげった場所がありました。そのなかに一頭いるだろうと思われました。

そこで、みんなは手をつないで、大きな輪になって、背の高い草をとりかこみました。ボクコチキミアチは、みんながやってくる物音を聞いて、その輪をぬけ出ようとがむしゃらになりましたが、できませんでした。逃げてもむだだとわかると、ボクコチキミアチはすわりこんで、サルたちがなにをしたがっているのかと、ようすをうかがいました。

サルたちはたずねました――ドリトル先生といっしょに人間の国へ行って、見世物になってくれないか、と。

ボクコチキミアチは、どちらの首も大きくふって言いました。「とんでもない！」

サルたちは説明しました——動物園に入れられたりしないで、ただ見られるだけだよ、と。先生はとてもやさしい人で、お金がないんだ、と。そして、人間たちは頭のふたつある動物を見ようとお金をはらってくれるだろうから、先生はお金持ちになって、アフリカにやってくるのに借りた船の代金をはらえるようになるのだ、と教えてやりました。

しかし、ボクコチキミアチは、答えました。

「いやだ。ぼくが恥ずかしがり屋なのは知っているだろ。じろじろ見られるなんて、いやだよ。」そして、泣きそうになりました。

それから三日間、サルたちは、ボクコチキミアチを説得しようとがんばりました。三日目が終わると、それではまず、先生がどんな人なのかを見るだけでも、サルたちといっしょに先生のところへ行きましょうということになりました。

サルたちは、ボクコチキミアチを連れて、先生の小さな葉っぱのおうちまで来ると、ドアをとんとんとノックしました。

トランクの荷造りをしていたアヒルのダブダブが言いました。「お入り！」

サルのチーチーが、得意そうにボクコチキミアチをなかへ入れ、先生に見せました。

「こりゃ、いったいなんだね？」ふしぎな動物をじっと見つめながら先生が言いまし

た。

「まあ驚いた！」と、ダブダブが言いました。「ふたつも頭があって、よく考えがひとつにまとまるわね！」

「こいつに考えなんかないのさ」と、犬のジップが言いました。

「先生。こちらは、」と、チーチーが言いました。「ボクコチキミアチです。アフリカのジャングルで最もめずらしい動物で、頭がふたつある動物は世界でこれだけです！これをお連れになれば、お金持ちになれます。人間たちはどんなにお金を積んでも、これを見たがるでしょう。」

「でも、お金なんていらないよ」と、先生。

「いえ、いります」と、ダブダブ。「パドルビーで肉屋の勘定を支払うのにどんなに切りつめた生活をしたか、おぼえていらっしゃらないんですか？　それに、船乗りに新しい船を返してやるっておっしゃっていたじゃないですか。お金がなかったら、どうやって買うんですか？」

「つくってあげるつもりだった」と、先生は言いました。

「ああ、わけのわからないことをおっしゃらないでください」と、ダブダブは言います。「船をつくるための木材やら釘（くぎ）やらは、どうやって手に入れるんです？　それに、なにを食べて生きていくんですか？　帰ったら、ものすごくびんぼうになりますよ。チーチーの言うとおりです。このへんてこなやつを連れて帰りましょう！」

「うん、まあ、おまえの言うとおりかもしれないなあ。」先生は、ぶつぶつつぶやきました。「たしかに、すてきな新種のペットになるものなあ。だが、この……なんという名前の動物は、ほんとうに外国に行きたがっているのかね？」

「はい、まいります。」先生の顔を見て、信用できる人だとすぐにわかったボクコチキミアチは言いました。「この国の動物たちにほんとうにご親切にしてくださって――サルたちから、ぼくしかお役に立てないと聞かされました。でも、ひとつ約束してください。ぼくがあなたのお国がいやになったら、帰してくださると。」

「そりゃ、そうだ――もちろん、もちろんだとも」と、先生は言いました。「失礼だが、君は、シカの仲間だね？」

「はい」と、ボクコチキミアチは言いました。「母方は、アビシニア・ガゼルとアジア・シャモアの親類です。父の曾祖父（そうそふ）は、一角獣の最後の生き残りでした。」

「実に興味深い！」と、先生はつぶやき、ダブダブが荷造りをしていたトランクから本をとり出すと、ページをめくりはじめました。「ええっと。博物学者ビュッフォンは、なにか書いてないかな……。」

「あなたは、」と、アヒルのダブダブは言いました。「一方の頭の口だけで話しているようだけど、もう一方の頭でも話せるの？」

「はい、できます」と、ボクコチキミアチは言いました。「でも、もう一方の口は、もっぱら食べるためにとってあるんです。そうすることで、食事中も、失礼しないでお話しできます。わが一族は、いつも、たいへんおぎょうぎがよろしいのです。」

荷造りがすんで、出発の準備がすっかりととのうと、サルたちは、先生のために大がかりなさよならパーティーを開きました。ジャングルじゅうの動物たちがやってきて、みんなでパイナップルやマンゴーやはちみつなど、おいしい食べ物や飲み物をいただきました。

食事がすむと、先生が立ちあがって言いました。

「みなさん。私は、ごちそうのあとで大演説をじょうずにする人とはちがって、話すのは苦手です。それにくだものやはちみつを食べすぎました。でも、申しあげておきたいのは、みなさんの美しい国とお別れするのはとてもさみしいということです。私には人間の国でやらなければならないことがあるので、行かねばなりません。私が行ったあとでも、食べ物にハエをとまらせないでくださいよ。それに、雨が降りそうなときに外で寝るのもいけません。私は……あのぅ……そのぅ……みなさんが、いつまでもしあわせに暮らすことを望みます。」

先生がお話を終えてすわると、サルたちは長いあいだ、拍手して、たがいにこう言いあいました。

「先生がここで、この木の下で、ぼくたちといっしょにおすわりになって、お食事なさったことを、いつまでも、ぼくたちサルのあいだでおぼえておくことにしよう。だって、先生は、まちがいなく、一番えらい人間だもの！」

毛むくじゃらの腕で馬七頭分の力を出せる大ゴリラが、テーブルの上席に大きな岩を転がしてきて言いました。

「この石が、その場所の記念だ。」

今日にいたるまで、ジャングルの奥に、その石がまだあります。そしてサルのおかあさんたちは、家族といっしょに森を通るとき、枝の上からそれを指さして、子どもたちにささやくのです。

「しっ！　ほら、ごらん。あそこが、大病の年に、えらい先生がおすわりになって、私たちの祖先といっしょにお食事をなさった場所ですよ！」

そしてパーティーが終わると、先生と動物たちは、海岸へと出発しました。サルたちもみな、先生のトランクや診察かばんを持って、国境まで見送りに来てくれました。

第十一章　黒い王子

川べりで、みんなは立ち止まって、さようならを言いました。

あの何千というサルが、みなドリトル先生と握手をしたがったので、たいへんな時間がかかりました。

そのあと、先生と先生の動物たちだけになると、オウムのポリネシアが言いました。

「ジョリギンキの国を通るときは、足音をたてず、声をひそめて行かなければなりませんね。王さまに気づかれたら、王さまは、また兵隊をよこして、あたしたちをつかまえようとするでしょう。あたしにいっぱい食わされたことを、王さまはまだかんかんに怒っていることでしょうから。」

「それよりも……」と、先生。「国に帰るための船をどこで手に入れたものだろう……いやまあ、きっと、海岸に、だれも使っていない船が転がっているだろう。『たなからぼたもち』と言うしな。」

ある日、森のかなりうっそうとしたところを進んでいたときのことでした。サルのチーチーがヤシの実をさがしに先に行っているあいだに、先生と残りの動物たちは、道がよくわからなくなり、森の奥で迷子になってしまいました。あちこちぐるぐると、さまようのですが、海岸へ出る道がどうしても見つかりません。

みんながどこにもいないと気づいたチーチーは、あわてふためきました。高い木にのぼって、一番上の枝から、先生のシルクハットは見えないかと目をこらし、手をふったり、大声を出したり、動物たちの名前を一匹一匹呼んでみたりしました。でも、むだでした。影も形も見えません。

実際、先生たちはひどく迷ってしまっていたのです。道からずいぶんはずれて、山奥へ入りこんでしまい、しかもジャングルは、しげみやらつる植物でうっそうとしていましたから、まったく身動きがとれなくなり、先生はポケットナイフをとり出して、つるを切りながら進むありさまでした。ぬるぬるとした沼地のようなところで足をすべらせたり、三色ヒルガオの密生したつるでがんじがらめになったり、とげにひっかかれたりしました。診察かばんを下草のなかになくしかけたことも、二度ばかりありました。次から次にこまったことが起きるばかりで、どちらをむいても道らしきものは見あたりませんでした。

こんなふうに何日も何日もまごついて、服はぼろぼろ、顔はどろどろになったあげく、とうとうまちがえて、こともあろうに王さまの宮殿の裏庭に出てきてしまいました。王さまの兵隊がたちどころにかけつけて、みんなをつかまえました。ただし、ポリネシアはこっそりと庭の木へ飛んでいって、身をかくしました。先生とほかの動物たちは、王さまの前へひき出されました。

「わはは！」と、王さまがさけびました。「またつかまったな！　今度こそ、逃がさんぞ。こいつらを全員牢屋へ連れていき、二重の鍵をかけろ。この白人には、一生、台所の床みがきをさせてやる！」

そこで、先生と動物たちは、牢屋にもどされ、とじこめられてしまいました。先生は、朝になったら台所の床みがきをはじめよと命じられました。

みんな、しょんぼりしていました。

「やっかいなことになったもんだ」と、先生は言いました。「パドルビーに帰らねばならんというのに。すぐに帰らないと、あのびんぼうな船乗りは、私が船を盗んだと思うだろうなあ……この扉のちょうつがいは、ゆるんでいないかしら。」

しかし、扉はとてもがんじょうで、しっかり鍵がかかっていました。どうやっても出られそうにありません。すると、子ブタのガブガブがまた泣きだしました。

一方、オウムのポリネシアは、宮殿の庭の木のなかで、じっとうずくまって、なにも言わずに、目をしばたたかせていました。

これは、とってもこまったときにポリネシアがするしぐさです。なにも言わずに目をぱちくりさせるときは、だれかがめんどうを起こしていて、それを解決する方法をポリネシアが考えだしているときなのです。ポリネシアやその友だちをこまらせてしまった人は、たいていあとで後悔することになります。

やがて、ポリネシアは、サルのチーチーがあいかわらず先生をさがして木から木へ飛びまわっているのを見つけました。チーチーもポリネシアを見つけると、その木へやってきて、先生はどうしたかとたずねました。

「先生とみんなは、王さまの兵隊につかまって、またとじこめられちゃったよ。」ポリネシアはささやきました。「ジャングルで道に迷って、まちがえて宮殿の庭に出ちゃったのさ。」

「だけど、君が道案内をしてやれなかったのかい？」と、チーチーはたずね、自分がヤシの実をさがしにいっているあいだ、みんなを道に迷わせてしまったことでポリネシアを責めました。

「みんな、あのばかなブタのせいさ」と、ポリネシアは言いました。「ショウガの根っこをさがして、道からはずれて走りだしてばかりいるもんだから。あたしゃ、あいつを追っかけては連れもどすのにいそがしくて、沼に着いたとき、右に行くところを左へ行っちゃったのよ。しー！　ごらん！　バンポ王子が庭に出てきた！　見られちゃまずい。どんなことがあっても動いちゃだめだよ！」

たしかに、そこには王さまの息子のバンポ王子がいて、庭の木戸をあけていました。おとぎばなしの本を一冊腕にかかえています。砂利（じゃり）道までぶらぶらと歩いてくると、悲しげな歌を口ずさみながら、オウムとサルがかくれているまさにその木の下にある石のベンチへやってきました。そして、ベンチに横になると、おとぎばなしを読みはじめました。

チーチーとポリネシアは、物音ひとつたてず、身動きもせずに、王子を見守りました。

しばらくして、王子は、本を置いて、やるせないため息をつきました。

「ぼくが白人の王子だったらなあ！」王子は、夢見るような、遠くをながめるような目をして言いました。

すると、ポリネシアが、少女のような高い声で言いました。

「バンポ、もしかすると、あなたを白い王子に変えてくれる人がいるかもしれない

わ。」

王子は飛び起きて、あたりを見まわしました。

「今のは、なに？」と、王子はさけびました。「むこうの木陰から、妖精の銀の声が聞こえてきたのかな？　あまい音楽のようだった。ふしぎだ！」

「りっぱな王子さま。」ポリネシアは見つからないように、じっとしたまま言いました。「あなたのことばには、真実のつばさが生えているわ。だって、あなたに話しかけているのは、私、妖精の女王のトリプシティンカですもの。私、バラのつぼみにかくれているのよ。」

「ああ、妖精の女王さま、教えてください」と、バンポは、うれしくて、両手を合わせて、にぎりしめました。「ぼくを白くしてくれるのは、だれですか？」

「あなたのおとうさまの牢屋に、」と、ポリネシアは言いました。「ジョン・ドリトルという有名な魔法使いがいらっしゃるの。薬や魔法のことをいろいろとご存じで、すばらしいことをいろいろなしとげてきたお方よ。でも、あなたのおとうさまが、いつまでもずっととじこめているの。その人のもとへ行ってごらんなさい、勇敢なバンポ、日がしずんだら、こっそりと。そしたら、見ていてごらんなさい、あなたは、美しいお姫さまを手に入れたどんな白い王子たちよりも白くしてもらえるでしょう！　もう、お話はおしまいです。私、妖精の国へもどらなきゃ。さようなら！」

「さようなら！」と、王子。「ほんとうにありがとう、トリプシティンカ！」

そして、王子は、にこにことうれしそうにベンチにもたれて、太陽がしずむのを待ったのです。

第十二章　薬と魔法

だれにも見られないように気をつけながら、オウムのポリネシアは木のうしろから、そうっと、そうっと出てきて、牢屋へ飛んでいきました。ちょうど子ブタのガブガブが、窓の格子から鼻をつき出して、宮殿の台所からただよってくるお料理のにおいをかごうとしているところでした。先生にお話があるから、呼んできておくれと言いますと、ガブガブは、お昼寝をしていた先生を起こしにいきました。

「聞いてちょうだいな。」ドリトル先生の顔があらわれると、ポリネシアはささやきました。「バンポ王子が今晩、先生に会いにきます。なんとか、バンポを白くする方法を見つけてやってください。でも、まず、牢屋の扉をあけて、先生たちが海をわたるための船を用意するように約束させるんですよ。」

「そいつはいいが、」と、先生は言いました。「黒人を白くするのはむずかしいぞ。君はまるで服の色を染め直すみたいに言うが、そうかんたんなことじゃない。『エチオピア人がそのひふを、ヒョウがその斑点を、変えることができようか』と、聖書にもあるだろう？」

「そんなことは知りませんよ」と、ポリネシアはいらいらして言いました。「とにかく、王子を白くしてください。なんとかして――がんばって考えてくださいな。かばんのなかにたくさん薬があるでしょ？　色を変えてあげたら、先生のためになんだってやってくれますよ。牢屋から出る唯一のチャンスですよ。」

「うむ、できるかもしれない」と、先生は言いました。

そして、「うーむ――動物性顔料の遊離塩素――ひょっとすると、とりあえず亜鉛華軟膏を厚くぬれば――」などとつぶやきながら、診察かばんのほうへ歩みよったのでした。

さて、その夜、牢屋の先生のところへそっとやってきたバンポは、こう言いました。

「白人よ。ぼくは不幸な王子なのです。何年も前に、本で読んだ〝眠り姫〟をさがしに出かけ、何日も世界を旅したあげく、ようやく姫を見つけて、本に書いてあるとおりに起こそうとして、とてもやさしくキスをしました。たしかに、姫は起きたんですが、ぼくの顔を見たとたん、『あら、この人、真っ黒だわ！』とさけんで、逃げてしまい、ぼくと結婚してくれなかったのです――どこかよそへ行って、また眠ってしまいました。だから、ぼくはとてもがっかりして、おとうさんの王国へ帰ってきました。聞くところによれば、あなたはすばらしい魔法使いで、強力な薬をたくさんお持ちだとか。だから、助けてもらいにきました。ぼくがもう一度眠り姫のもとへ行けるように、白くしてくだされば、ぼくは王国の半分をあなたにさしあげます。そのほか、なんでもお望みのものをさしあげましょう。」

「バンポ王子君。」先生は、診察かばんのなかのびんをいくつか、しげしげとながめながら言いました。「君の髪をすてきな金髪にしてあげるとしたら……そんなところで、ご満足願えないかね?」

「いいえ」と、バンポ。「ほかのことでは、だめです。白い王子にしてください。」

「王子の色を変えるというのは、なかなかむずかしいもんでね」と、先生。「魔法使いができることのうちでも、一番むずかしいことだ。で、白くするのは顔だけでいいんだね?」

「ええ。顔だけでいいです」と、バンポ。「ほかの白い王子と同様に、かがやけるよろいを身にまとい、はがねの籠手(こて)をつけて、馬に乗りますから。」

「顔じゅう、真っ白じゃなきゃいかんのかね?」先生はたずねました。

「はい、顔じゅう」と、バンポ。「それから、目を青くしてほしいけれど、それはむずかしいでしょうね。」

「むずかしいよ」と、先生はあわてて言いました。「じゃあ、まあ、できるかぎりのことをしてあげよう。だが、とてもがまん強くしてもらわなきゃならん。すぐに効かない薬もあるかもしれない。二、三度くり返して使わねばならんこともあろう。君は、肌が強いね――うん？　よろしい。さあ、この明かりのところへ来てくれたまえ。おっと、私がなにかはじめる前に、まず海辺へ行って船を用意してくれたまえ。なかに食料も入れて、海をわたっていけるように。このことは、だれにもひとことも言ってはいけないよ。そして、君の願いを私がかなえたら、私と動物たちをみんな、牢屋から出しておくれ。約束だ――ジョリギンキの王冠にかけて！」

そこで、王子は約束し、海辺に船を用意しに行きました。

王子がもどってきて、用意はできましたと言うと、先生はアヒルのダブダブに洗面器をもってくるように言いました。それから、たくさんの薬を洗面器でまぜ合わせると、そのなかに顔をつけるようにバンポに言いました。

王子は身をかがめて、顔をつけました――耳のところまで、べったりと。

長いあいだ、そのままでした。あんまり長いので、先生はひどく気をもんで、そわそわし、片足で立ってからもう片方の足で立ってみたり、まぜた薬のびんをぜんぶたしかめたり、何度も何度もびんのラベルを読み返したりしました。牢屋いっぱいに、茶色の包装紙がちりちりと燃えるような、強烈なにおいがたちこめました。

ついに、王子は、洗面器から顔をあげ、とてもはげしく息をしました。すると、動物たちは、あっとおどろきの声をあげました。

王子の顔は、雪のように白くなっており、その目の色は、男らしい灰色になっていたのです！

ドリトル先生から小さな手鏡を受けとって、自分の顔を見た王子は、うれしくて歌いだし、牢屋のなかをおどりまわりました。でも、先生は、どうか、そんなに大きな音をたてないでくれとお願いしました。そして、急いで診察かばんをしめると、牢屋の扉をあけてくれとたのみました。

バンポは、毎日でもずっと手鏡を見ていたいから、この手鏡がほしいと言いました。手鏡というものが、ジョリギンキの王国にはなかったからです。しかし、先生は、ひげをそるのにいるんだと答えました。

それから、王子は、ポケットからたくさんの銅の鍵のたばをとり出し、大きな二重の錠をはずしました。すかさず、先生と動物たちは、全速力で海岸へ走りました。バンポは、からっぽになった牢屋の壁にもたれかかって、みんなが出ていくのをうれしそうに見送りました。その大きな顔は、月光を浴びて、ぴかぴかの象牙のようにかがやいていました。

海岸までやってくると、ポリネシアとチーチーが、船の近くの岩の上で待っていました。

「バンポ君にはもうしわけないことをした」と、先生は言いました。「私が使ったあの薬のききめは、長くはもたないんだ。きっと、あすの朝、目がさめたら、もとどおり黒くなっているだろうなあ。そんなこともあって、手鏡を置いてこなかったんだが、ひょっとすると、白いままでいるかもしれない。あの薬の調合は、これまでやったことがなかったからね。実を言うと、あんなにうまくいって、われながらびっくりしているんだ。でも、とにかく、なんとかしなきゃならなかったからねえ。まさか、一生、王さまの台所の床をみがきつづけるわけにもいくまい。とんでもなくきたない台所だったからな！――牢屋の窓から見えたよ。――いやはや、バンポ君にはかわいそうなことをした！」

「なあに、ほんのいたずらだったってことは、わかってくれますよ」と、ポリネシア。「私たちをとじこめたりするから、いけないんです」と、アヒルのダブダブは、おしりをふりながら、ぷりぷりして言いました。「こっちはなにも悪いことをしていないのに。また黒くなったら、いいきみだわ！　真っ黒けっけになりゃあいいのよ。」「だが、王子にはなんの関係もない」と、先生は言いました。「われわれをとじこめたのは、王子のおとうさんである王さまだ……バンポ君が悪いんじゃない……引き返してあやまってきたほうがよいだろうか……まあ、いいか……パドルビーへ帰ったら、アメでも送ってやるとしよう。それに、ひょっとして……ずっと白いままかもしれないしな。」

「白くなったところで、眠り姫が結婚してくれるはずないですよ」と、ダブダブ。「もとのままのほうがよかったのに。ま、どんな色になろうと、ぶさいくな顔は変わらないけどね。」

「しかし、よい心を持っていたよ」と、先生。「もちろん、夢見がちなところはあったが——よい心だ。しょせん、見目より心だからね。」

「あんなやつが眠り姫を見つけたなんて、信じられないね」と、犬のジップ。「おおかた、どっかの農家のでぶちんのおかみさんがリンゴの木の下で居眠りでもしていたのを見つけて、キスしたんだろう。おかみさんが、きゃあってさけんで、逃げたのもむりはないよ！　今度は、あいつ、だれにキスしにいくか知らんが、まったくばかばかしい話さ！」

それから、ボクコチキミアチや、白ネズミや、ガブガブや、ダブダブや、ジップや、フクロウのトートーは、先生といっしょに船に乗りこみました。しかし、チーチーとポリネシアと、それからワニは、あとに残りました。アフリカはチーチーたちの生まれ故郷であり、そこにほんとうのおうちがあったからです。

先生は船の上に立つと、海のはるかかなたをながめました。そして、パドルビーまでの帰りの道を案内してくれる者がだれもいないことに気がつきました。

広い、広い海は、月明かりを浴びると、むしょうに大きくて、さびしげに見え、陸が見えないところへ出たら迷子(まいご)になるのではないかと先生は心配しはじめました。

そう思っているうちに、夜の闇のなか、空高くから、ささやくようなふしぎな声がしてきました。動物たちは、さようならを言うのをやめて耳をすましました。

音は、どんどん大きくなってきました。近づいてくるようです——ちょうど秋風がポプラの木の葉をゆらすような音です。あるいは、大つぶの雨が屋根を打つ音にも似ています。

ジップが鼻をつき出し、しっぽをぴんと立てて言いました。

「鳥だ！　何百万もの鳥だ——すごい速さで飛んでくる。鳥だよ！」

みんなは空を見あげました。すると、そこには、小さなアリの大群さながら、何千もの鳥が、お月さまの顔を横切って流れるように飛んでいたのです。やがて、空全体が鳥でうめつくされたかのようになりましたが、それでもまだ、あとからあとからやってきていました——どんどんふえています。あまりにも多くなって、お月さまをすっかりおおいつくしてしまって月明かりが見えなくなり、まるで嵐で太陽がかげるように、海は暗く真っ黒になってしまいました。

鳥の大群はみないっせいに波や陸すれすれまでまいおりて低く飛んだので、頭上の夜空はまた明るくなり、月も元どおりにかがやきました。それでも鳥たちは、鳴き声も呼び声も歌声も発しません。ますます一段と大きく聞こえるようになったバサバサというつばさのものすごい音以外、なんの音もしないのです。

やがて鳥たちが、砂や船のロープの上におりはじめ、木々以外のそこいらじゅうにとまりだすと、先生には鳥の姿が見えました。青いつばさに、白い胸、羽毛のふさふさしたとても短い足をしています。一羽残らずまいおりてしまうと、ふっと、なんの音もしなくなりました。あたりは、しんと静まりかえっています。なにひとつ、動きません。

静かな月光のなかに、ドリトル先生の声がひびきました。

「アフリカに思わぬ長居をしたものだ。家に帰ったら、もう夏なんだな。というのも、ここにいるのは、夏のイギリスに帰るツバメたちだからだ。ツバメたちよ、われわれを待っていてくれて、ありがとう。ほんとに思いやりのあることだ。これで、もう海で迷子になる心配はなくなった……さあ、錨をあげて、出発だ！」

船が海へすべり出ると、あとに残るチーチーとポリネシアとワニは、とても悲しくなりました。だって、生まれてこのかた会ったことがなかったのです、湿原のほとりのパドルビーのジョン・ドリトル先生ほど、大好きだった人に。

そして、何度も、何度も、何度も、さようならを大きな声で言ったあと、岩の上に立ってしゃくりあげて泣きながら、船が見えなくなるまで、いつまでも手をふっていたのでした。

第十三章　赤い帆と青いつばさ

　ふるさとへ帰るには、先生の船はバーバリ海岸を通らなければなりませんでした。この海岸はサハラ砂漠の沿岸で、砂と石ころだらけの、あれはてたさびしい場所です。そして、ここに住んでいたのが、バーバリの海賊でした。

　この海賊というのは、船が難破するのを海岸で待ちかまえる悪い人たちです。船が通りがかると、船足の速い帆船で追いかけることもありました。そうやって海で船をつかまえると、船にあるものをなにもかも盗んだのです。

　そして、船に乗っている人たちを自分たちの船にうつすと、相手の船をしずめて、自分たちのやった悪さに得意になって、歌を歌いながらバーバリにひきあげていくのです。

　さらに、つかまえた人たちに、ふるさとの友だちに手紙を書かせてお金を送らせました。もし友だちがお金を送ってこないと、つかまえた人たちを海にほうりこんでしまうことも、しょっちゅうでした。

さて、ある晴れた日のこと、先生とアヒルのダブダブは、運動のために船の上を行ったり来たり歩いていました。すてきな、さわやかな風がずっと船に吹きつけていて、みんなはしあわせでした。やがてダブダブが、船のずっとうしろ、水平線のかなたに、別の船の帆を見つけました。赤い帆です。

「あの帆の感じ、なんだかいやですね」と、ダブダブは言いました。

「お友だちになるような船じゃない気がします。また、ひともんちゃくありそうですよ。」

近くでひなたぼっこをしながらお昼寝をして横になっていた犬のジップは、眠りながらうなって、寝言を言いだしました。

「ローストビーフが焼けるにおいがする」と、ジップはぶつぶつと言いました。「生焼けのローストビーフに、こってり茶色のソースがかかっている。」

「なんてこった！」と、先生は言いました。「この犬はどうしたんだ？　寝言だけじゃなく、寝ぼけてにおいもかぐのか？」

「そのようです」と、ダブダブが言いました。「犬というものは、眠りながらにおいをかげますから。」

「だが、なんのにおいをかいでいるのかね。この船では、ローストビーフなんて焼いていないが。」

「ええ」と、ダブダブ。「ローストビーフは、あそこのあの船にあるんでしょう。」

「でも、あれは、十五キロも先だ」と、先生。「そんなに遠くまで、においがかげるはずがない！」

「かげるんですよ、こいつには」と、ダブダブ。「聞いてごらんなさい。」

するとジップは、やはりすっかり眠ったまま、またうなりはじめて、怒ったようにくちびるをめくりあげ、きれいな白い歯をむきました。

「悪いやつのにおいがする。」ジップはうなりました。

「こんな極悪人のにおいは初めてだ。もめごとのにおいがする。けんかくさい――六人の悪いごろつきどもが、ひとりの勇敢な男と戦っている。助けなきゃ。ワン――ウゥ――ワン！」

ジップは大きな声でほえて、おどろいた顔で目をさましました。

「見て！」と、ダブダブが言いました。「あの船、近づいてきていますよ。大きな帆が三つあるのがわかります――みんな真っ赤だ。あれが何者であれ、私たちを追いかけてますね……いったい、だれなんでしょう。」

「悪い船乗りだ」と、ジップ。「しかも船はとても速い。まちがいなく、バーバリの海賊だ。」

「じゃあ、こちらの船も、もっと帆をあげなきゃならん」と、先生。「大急ぎで逃げるとしよう。ジップ、下へ走っていって、ありったけの帆をもってきてくれ。」

犬は、さっと下へかけおりて、見つけられるかぎりの帆をぜんぶひきずってきました。

ところが、それらすべてをマストに広げて風を受けても、船は海賊船ほど速く進みません。海賊船は、どんどん追いついてきます。

「王子がくれたこの船は、おんぼろだ」と、子ブタのガブガブが言いました。「一番のろい船をくれたんだ。こんな船で海賊から逃げようなんて、スープのおなべに乗って競走に勝とうとするようなもんだよ。ほら、もうあんなに近くまで来ているよ！連中の顔に口ひげがあるのさえ見える――六人いる。どうすればいいの、ぼくたち？」

先生は、アヒルのダブダブに、「飛んでいって、ツバメたちに、海賊が速い船で追いかけてくるが、どうしたらいいか聞いてきてくれ」と、たのみました。

ツバメたちは、これを聞くと、みな先生の船にまいおりてきました。そして、できるだけ急いで、長いロープを何本かほどいて細い糸をたくさん作るようにと言いました。それから、その糸のはしを船の舳先に結ばせると、ツバメたちは糸の反対のはしを足でつかんで飛びあがり、船をひっぱりました。

ツバメは、たった一、二羽では大して強くありませんが、おびただしい数が集まれば別です。今、先生の船には一千本もの糸がゆわえつけられ、一本につき二羽がついて、二千羽でひっぱっていたのです——しかも、みんな、おそるべき速さで飛んでいきます。

ぐいぐいと船があまりに速く進むので、先生は両手でぼうしをおさえていなくてはならないほどでした。あわだち、わきたつ波をかきわけながら、船はまるで飛んでいるように感じられました。

船に乗っていた動物たちはみんな、吹きすさぶ風のなかを大笑いしておどりはじめました。というのも、海賊船をふりかえって見ると、大きくなるどころか、どんどん小さくなっていったからです。赤い帆は、ずっとはるかかなた、遠くのほうに、置きざりにされたのです。

第十四章　ネズミの警告

海に浮かぶ船をひっぱるのは、楽な仕事ではありません。二、三時間もすると、さすがのツバメたちも、つばさがくたびれて、息が切れてきました。そこで、先生のところに伝言を送り、もう少ししたら休みをとりたいので、船を近くの島につけ、息が回復するまで湾の奥に船をかくしますと伝えました。

やがて、その島が見えてきました。島のまんなかには、たいへん美しい、高い緑の山がそびえていました。

船が無事に湾のなかにかくされ、外の海から見えなくなりますと、先生は、水をさがしに島に降りてみようと言いました。船の飲み水がなくなってしまっていたのです。先生は、動物たちみんなもいっしょに降りて、草の上で遊んで足をのばすといいと言いました。

さて、船から降りるとき、先生は、たくさんのネズミたちが船の階段をぞろぞろあがって出てきて、いっしょに船を降りていくのに気づきました。ネズミを追いまわすのが大好きなジップが、あとを追いはじめましたが、先生はやめるように言いました。大きな黒いネズミが、先生になにか言いたそうにして、おずおずと横目で犬を見やりながら、船の手すりの上をちょこちょことやってきました。そして、二、三度そわそわと咳ばらいをしてから、ひげをきれいにして、口をぬぐって、こう言いました。

「えへん……あのぅ……えっと、もちろん、ご存じでいらっしゃいますね、どんな船にもネズミがいるってことは、先生？」

先生は「はい」と答えました。

「ネズミは、いつも、しずむ船から逃げるというのもお聞きおよびでしょうか？」

「ああ、そう聞いているよ。」

「人は、」と、ネズミ。「そのことで、ネズミのことをせせら笑います――まるで、ネズミがひきょうなことでもしているかのように。でも、しかたがないと思いませんか？　だって、だれがしずむ船に乗っていたいなんて思いますか、もし船から降りられるのなら？」

「降りるのが当然だ。実に当然だ。よくわかる……。ほかに……ほかに言いたいことはあるかね？」

「ええ」と、ネズミ。「私どもはこの船から降ります。でも、お別れする前に警告しておきたかったんです。この船は、いけません。安全じゃありません。船べりがじょうぶじゃない。板がくさっているんです。あしたの晩までに、海の底へしずんでしまうでしょう。」

「どうしてわかるんだね？」と、先生。

「わかるもんなんですよ」と、ネズミ。「しっぽの先が、じんじんしてくるんです。ちょうど足がしびれたときみたいに。今朝六時に、朝ごはんをいただいておりますと、ふっと、しっぽがじんじんしはじめました。最初、リウマチがまた、ぶり返したかな、なんて思いまして、おばのところへまいりまして、おばさんはどうかとたずねました。――先生、おぼえていらっしゃいますか？　黄疸にかかって、このあいだの春にパドルビーで先生に診察していただきました、背が高くて、かなりやせた、ぶちのネズミです。――そうしましたら、おばのしっぽも、ひどくじんじんするって言うじゃないですか！　それで、二日もしないうちに船がしずむってわかりましたものですから、どこか陸地に少しでも近づいたら、すぐに船をはなれようとみんなで相談いたしましたんで。これはいけない船です、先生。もうこの船で旅をしないほうがようございますよ。さもないとまちがいなく、おぼれます……さようなら！　私どもは、この島で、生きていく場所をさがします。」

「さようなら！」と、先生。「わざわざ教えにきてくれてありがとう。実に思いやりがあるね――実に！　おばさんによろしく。よくおぼえているよ……。ジップ、そのネズミにちょっかいを出してはならん！　ここにおいで！　おすわり！」

そんなことがあってから、先生と動物たちは、バケツやおなべを持って、水をさがしに船から島へ降りました。そのあいだに、ツバメたちは休みをとりました。

「この島は、なんという島だろう。」山をのぼりながら、先生は言いました。「気持ちのよさそうなところだ。ずいぶんたくさん鳥がいる！」

「いやですね、先生、ここはカナリア諸島じゃないですか」と、アヒルのダブダブ。「カナリアがさえずっているのが聞こえませんか？」

先生は立ち止まって、耳をかたむけました。

「ああ、ほんとだ、聞こえる。そりゃそうだな」と、先生。「こいつは、うっかりしておった！　カナリアは、水をどこで見つけられるか教えてくれないかな。」

カナリアたちは、これまでにドリトル先生のことをわたり鳥たちから教えてもらって知っていて、やがてあいさつにきてくれました。そして、カナリアが水浴び場にしていた、冷たくてすきとおった水の出る美しい泉を教えてくれました。それから、先生をカナリアクサヨシが生えているすてきな牧草地へお連れし、島じゅうの名所にご案内しました。

ボクコチキミアチは、船の上で食べていた干しリンゴよりも、緑の草がずっと好きだったので、ここに来てよかったと大よろこびしていました。子ブタのガブガブは、谷じゅうに野生のサトウキビがいっぱいあるとわかると、うれしくてブーブーと鳴きました。

しばらくして、みんな、おなかいっぱい飲み食いして、カナリアの歌を聞きながらあおむけに寝ていると、二羽のツバメがあわてふためいて、息せき切ってやってきました。

「先生！」と、ツバメたちはさけびました。「海賊たちが湾に入ってきて、先生の船に乗りこみました。なかにおりて、盗むものはないか、さがしています。海賊船のほうには今だれも乗っていません。急いで海岸へ行けば、海賊船に乗れます――そちらのほうがずっと速いですから――逃げられます。でも、急いで。」

「そりゃ、いい考えだ」と、先生。「すばらしい！」

そこで、先生は、動物たちをすぐに呼び集めると、カナリアたちにさよならを言って、海辺へ走りました。

海辺に来てみると、海賊船が赤い帆を三つ張って、海に浮かんでいました。ツバメたちが言ったとおり、だれも乗っていません。海賊たちは全員、先生の船のなかへおりて、なにを盗もうかとさがしていたのです。

ドリトル先生は、そっと歩くように命じ、みんなは海賊船にしのびこみました。

第十五章　バーバリの竜

島でグニャッとしたサトウキビを食べたブタが、風邪をひくことさえなかったら、なにもかもうまくいっていたのです。事件は、こんなふうに起こりました。

音がしないように錨（いかり）をひきあげて、そうっと、そうっと湾から船を出そうとしていたやさき、子ブタのガブガブがいきなり大きなくしゃみをしたのです。先生の船に乗っていた海賊たちは、今の音はなんだと急いで甲板にあがってきました。

先生が逃げようとしているとわかるやいなや、海賊たちは自分たちが乗っている船を湾の入り口へさっと乗りつけたので、先生は湾から海へ出ていくことができなくなってしまいました。

それから、海賊のかしら（ベン・アリという男で、自分のことをバーバリの竜と呼んでいました）が、先生にむかってこぶしをふりあげ、むこうの船からどなりました。

「わっはっは！　つかまえたぞ。おれの船で逃げようとしていたのか、え？　だが、おまえはバーバリの竜のベン・アリさまを負かすほど、腕のいい船乗りじゃなかったな。おまえの持っているアヒルをよこしな。それからブタもだ。今晩の夕食は、焼きブタに焼き鳥だぜ。そして、おまえは、友だちにトランクいっぱいの金を送ってもらうまでは、家に帰れねえよ。」

かわいそうに、ガブガブは泣きだしてしまい、アヒルのダブダブは殺されてはかなわないと飛び立とうとしました。でも、フクロウのトートーが、先生にささやきました。

「あいつに話をつづけさせてください、先生。じょうずに相手をして時間をかせぐんです。私らの古い船はまもなくしずみます。ネズミたちは、あしたの夜までに海の底にしずむと言っていました――ネズミの言うことは、めったにはずれません。船がしずむまで、うまくあしらってください。このまま話をつづけさせるんです。」

「え、あしたの夜まで！」と、先生。「まあ、できるだけのことはするが……ええっと……なにを話せばいいのかな？」

「ふん、やつらが来たってへっちゃらさ」と、犬のジップ。「あんなきたない悪党なんか、やっつけてやる。たった六人しかいないじゃないか。来るなら、来てみろ。家に帰ったら、となりのコリー犬に、おれは本物の海賊にかみついてやったって話してやりたいな。来るなら、来いってんだ。戦おう。」

「だが、むこうにはピストルも剣もある」と、先生。「いや、戦うわけにはいかない。話をするしかない……いいか、ベン・アリ……。」

ところが、先生がそう言っているうちにも、海賊たちは、うれしそうに笑いながら船を近づけはじめ、「だれが最初にブタをつかまえる？」などと言いあっていました。

かわいそうに、子ブタのガブガブはひどくおびえていました。ボクコチキミアチは、戦いにそなえて、船のマストに角をこすりつけて、とぎはじめました。一方、ジップは、とびはねて、ほえながら、犬語でベン・アリに悪口を浴びせていました。

しかし、そのうちに海賊たちのようすがおかしくなってきました。笑ったり、じょうだんを言ったりするのをやめて、へんな顔をしています。なにか心配事があるようです。

やがて、足元を見つめていたベン・アリが、とつぜんわめきました。

「うわあ、おったまげたぜ！　やろうども、この船はしずんでいく、い、い、いくぞ！」

ほかの海賊たちが船のわきから外を見つめてみますと、たしかに海のなかにどんどんしずんでいます。ひとりがベン・アリに言いました。

「でも、この船がしずむとしたら、ネズミが逃げたはずだがなあ。」

ジップが、こちらの船からどなりました。

「この大どろぼうめ、そこにはもう、逃げだすネズミなんかいやしないんだ！　二時間前に、みんな逃げちまったよ！『わっはっは』ってのは、こっちのせりふだぜ！」

でも、もちろん海賊には、犬がなにかを言っているなんてわかりませんでした。

やがて、船の舳先がみるみるしずんでいき――ついに、逆立ちしているみたいになってしまいました。海賊たちは、すべり落ちまいとして、手すり、マスト、ロープなど、手当たり次第にしがみつきました。そのとき海水がどっと入ってきて、窓やドアから船のなかへ流れこみました。ついに船は、ガボガボガボとすさまじい音をたてて海の底へしずんでしまい、六人の悪党は湾の深い海に、ちゃぽんちゃぽんと、浮かんでいました。

岸を目指して泳ぎだす者がいる一方で、先生の乗っている船に乗ろうとがんばる者もいました。しかし、船のわきからあがってこようとすると、ジップがそいつらの鼻にかみつこうとするので、とてもあがってこられませんでした。

ふいに、悪党たちが、おびえきって、さけびました。

「サメだ！　サメが来るぞ！　サメに食べられちまう。船にあげてくれ。助けてくれ！　助けて！　サメだ！　サメだ！」

なるほど、湾じゅう、すいすいと泳ぐ大きな魚の背中でいっぱいであることは、先生にもわかりました。

大きなサメが船の近くにきて、水から鼻をつき出して先生に言いました。

「有名な動物のお医者さんのジョン・ドリトル先生かい？」

「ああ」と、ドリトル先生。「私だ。」

「そうかい」と、サメ。「この海賊ってのは、悪いやつらでね——とくにベン・アリはいけねえな。もし先生にご迷惑をかけているようだったら、おれたちがよろこんで、先生のために、こいつらを食っちまいますよ。そしたら、もうだいじょうぶでしょう。」

「ありがとう」と、先生。「よく気がついてくれた。でも、食べてしまわなくともよかろう。私がいいと言うまで、あいつらを岸にあげないようにして、ただ、ずっと泳がしておいてくれるかな？　それから、ベン・アリをここまで泳いでくるようにしてくれ。あいつと話がしたいんだ。」

そこで、サメは出かけていって、ベン・アリを追って、先生のところまで来させました。

「よいか、ベン・アリ」と、ドリトル先生は、船から身を乗り出しながら言いました。「おまえは、これまでたいへんな悪人だった。何人も人を殺してきたのだろう。そこにいる親切なサメたちは、私のために、おまえたちを食べてしまいましょうと、たった今、申し出てくれた。たしかに、おまえたちなど海からいなくなったほうが、ずっとましだ。しかし、私の言うとおりにすると約束するなら、無事に帰してやろう。」

「なにをすりゃあいいんで？」海賊は、水中で自分の足のにおいをかいでいる大きなサメを横目で見ながら言いました。

「これ以上、人殺しはしないこと」と、先生。「盗みをやめること。船をしずめたりしないこと。海賊をすっかりやめること。」

「じゃあ、なにをしたらいいんだね？」ベン・アリはたずねました。「どうやって生きてきゃいいってんだい？」

「おまえと仲間たちは、この島に行って、カナリアクサヨシを育てなさい」と、先生は答えました。「カナリアのために、カナリアのエサを育てるのだ。」

バーバリの竜は、怒りで真っ青になりました。

「カ、カ、カ、カナリアのエサを育てるだぁ！」ばかにするなというように、うなっています。「船乗りじゃだめなのかよ。」

「だめだ」と、先生。「いかん。もう船乗りは、じゅうぶんやったろう。そして、がんじょうな船や、善良な人たちを海の底にたくさんしずめてきた。これからは死ぬまで、おとなしく農業をしなさい。サメが待っている。これ以上待たせるな。決心しろ。」

「おったまげたぜ！」ベン・アリはぶつぶつ言いました。「カ、ナ、リ、ア、ク、サ、ヨ、シだと！」

それから、もう一度水のなかをのぞきこむと、今度は、サメが反対側の足のにおいをかいでいるではありませんか。

「よかろう。」海賊は、しょんぼりと言いました。「農業をする。」

「そして、よいか」と、先生。「もし約束をやぶって、また人殺しや盗みをしたら、私にはすぐわかるぞ。カナリアが教えにきてくれるからな。そしたら、絶対罰をのがれられないぞ。私は、おまえのように船をじょうずにあやつれはしないが、鳥や、けものや、魚が私の友だちであるかぎり、海賊のかしらなど、おそるるにたらんのだ。たとえ、そいつが自分のことをバーバリの竜と呼んでいようともな。さあ、行って、よい農民となって平和に暮らしなさい。」

それから先生は、大きなサメに手をふって言いました。

「もう、よろしい。この人たちを無事に岸へ泳がせてやりなさい。」

第十六章　耳のいいトートー

さて、先生と動物たちは、もう一度サメたちにお礼を言ってから、赤い三つの帆のついた船足の速い船で、ふるさとへの旅をつづけました。

大海原に乗り出すと、動物たちはみな、新しい船のなかがどんなふうになっているのか見ようと、甲板の下へおりていきました。先生は、パイプをくわえて船尾の手すりに身を乗り出すようにして、青い夕暮れのかなたに遠ざかって見えなくなっていくカナリア諸島をながめていました。

先生がそこにたたずみながら、サルたちはどうしているかなあとか、パドルビーに帰ったらお庭はどうなっているかしらなどと考えていると、アヒルのダブダブが、とてもにこにこして、お知らせしたいことをいっぱいもって、階段を転げるようにしてあがってきました。

「先生！」ダブダブは言いました。

「この海賊船、とってもすてきよ――ほんとに。ベッドは、うす黄色の絹でできていて、大きなまくらやクッションが何百もあるの。床には厚い、ふかふかのじゅうたんがしいてあって、お皿は銀製なの。それに、おいしそうな食べ物や飲み物もいろいろあって、もう大ごちそうですよ！　食料庫は――まるで、お店よ。なんでもそろってる。あんなの、先生だって見たことないと思いますよ。考えられますか――イワシのかんづめが五種類もあるんですよ、あの海賊連中ときたら！　ちょっと見にきてみてくださいな。……ああ、それから、鍵のかかった小さなお部屋があって、みんな、なかになにがあるか見たくて、入ろうとしているんです。ジップが言うには、海賊が宝物をしまっているところですって。でも、ドアがあかないんです。先生、おりてきて、あけられるか見てくださいな。」

そこで、先生はおりていってみましたが、なるほど美しい船でした。見ると、動物たちが、小さなドアの前にむらがって、なかになにがあるのだろうと、ガヤガヤ話をしています。先生は、取っ手をまわしてみましたが、あきません。そこで、みんなで、鍵をさがすことにしました。マットの下を見たり、じゅうたんの下を見たり、戸だなや、引き出しや、物置や、船の食堂の大きな箱のなかも見たりしてみました。ありとあらゆるところを、さがしました。

そんなことをしているうちに、海賊がほかの船から盗んだにちがいない、すてきなものをいろいろ発見しました。金糸で花の刺繍をした、クモの巣のようにうすいカシミアの肩かけ。つぼに入ったジャマイカ産高級タバコ。ロシアのお茶の葉がつまった彫刻つきの象牙の箱。裏に絵がかいてあって、弦が一本切れた古いバイオリン。サンゴと琥珀をほって作った大きなチェスのこまのセット。持ち手を引き出すと、なかが剣になっている杖。トルコ石と銀でふちどったワイングラス六個。それから、真珠の虹色でおおわれた、すてきな大型の砂糖入れなどです。でも、ドアの鍵は、どこにも見つかりません。

そこで、みんなは、ドアのところへもどってきて、ジップが鍵穴からなかをのぞきこんでみました。ところが、内側からドアになにかが立てかけられているらしく、なにも見えません。

どうしたらいいかと思いなやみながら、みんながドアをかこんでいると、フクロウのトートーがふいに言いました。

「しっ！　聞いて！　だれか、なかにいるみたいだよ！」

みんな、しばらくじっとしました。やがて、先生が言いました。

「思いすごしだろう、トートー。なにも聞こえないよ。」

「まちがいありません」と、トートーが言いました。「しっ！　ほらまた。今の、聞こえませんでした？」

「いや、聞こえない」と、先生。「どんな音だね？」

「だれかがポケットに手を入れる音です」と、トートー。

「だが、それじゃあ、ぜんぜん音なんかしないだろう」と、先生。「それに、部屋の外からじゃ、聞こえまい。」

「失礼ながら、私には聞こえるんです」と、トートー。「このドアのむこう側で、だれかがポケットに手を入れているのはたしかです。どんなものだって、なんらかの音をたてます。するどい耳なら聞こえます。コウモリは、地下のトンネルを歩くモグラを聞きわけます。それで、コウモリは自分の耳がいいとうぬぼれていますが、われわれフクロウは、片方の耳をふさいでいたって、暗闇にいる子ネコの色が、そのネコのまばたきひとつでわかるんです。」

「いやはや」と、先生。「おどろいたね。実に興味深い……もう一度聞いて、なかの男が今なにをしているか教えてくれたまえ。」

「なかにいるのが、」と、トートー。「男かどうかわかりませんよ。女かもしれない。私をもちあげて、鍵穴のところで聞かせてください。そしたら、すぐ教えてあげます。」

そこで、先生はトートーをもちあげて、ドアの鍵穴近くで、ささえてあげました。

しばらくすると、トートーは言いました。

「今度は、左手で顔をこすっています。小さな手、小さな顔だ。女かもしれない。いや。今度はひたいから髪をうしろにおしやった。まちがいない。男です。」

「女だって、そうすることがあるだろう」と、先生。

「そうですが」と、トートー。「女がそうすると、長い髪の毛がまったくちがった音をたてるんです……しっ！　そこのモゾモゾとおちつかないブタを静かにさせてください。さあ、みんな、しばらく息をこらして、よく音が聞こえるようにしてください。今、私がやっていることは、とてもむずかしいことなんですから。しかも、このやっかいなドアは、ものすごく分厚いときたものだ！　しっ！　みんな、動かないで――目をとじて、息をしないで。」

フクロウのトートーは身を乗り出して、とても集中して、長いあいだ聞いていましたが、ついに先生の顔を見あげると、言いました。

「なかにいる男の人は、ふしあわせです。泣いています。泣いているのがわからないように、泣きじゃくったり、洟（はな）をすすったりしないようにしていますが、でも聞こえました――とてもはっきりと――涙がそでの上に落ちる音が。」

「天井からたれた水のしずくの音じゃないって、どうしてわかるの？」子ブタのガブガブがたずねました。

「ふん！　なんたる無知だ！」トートーは、ばかにしたように言いました。「天井から落ちてきたしずくは、十倍も大きな音がするよ！」

「ともかく、」と、先生。「なかの人がふしあわせなら、なかに入って、どうしたのか聞いてあげなくちゃならないな。斧をさがしてきてくれ。ドアをたたきこわそう。」

第十七章　海のおしゃべり屋さん

すぐに斧が見つかりました。先生は何度か斧をふるってドアに大きな穴をあけ、そこからなかに入りました。

最初、なにも見えませんでした――なかは真っ暗だったのです。そこで、先生は、マッチをすりました。

かなり小さい部屋でした。窓もなく、天井は低く、家具のようなものは、小さなしかけがひとつあるきりです。部屋のどの壁ぎわにも、大きなたるがずらりと並んでいて、船がゆれても転がらないように、床に固定されていました。たるの上には、いろいろな大きさの白目（おもにスズから成る合金）のジョッキが木の釘からぶらさがっています。酒くさいにおいが、ぷんぷんします。床のまんなかには、八歳ぐらいの小さな少年がすわって、泣きぬれていました。

「こいつは、海賊の酒蔵だぜ！」と、犬のジップがささやきました。

「うん。ラム酒だ！」と、子ブタのガブガブ。「においだけで、よっぱらいそうだ。」

少年は、目の前に男の人が立っていて、こわれたドアの穴からたくさんの動物たちがのぞきこんでいるのを見て、とてもこわかったようです。でも、マッチの明かりでドリトル先生の顔が見えたとたん、泣くのをやめて立ちあがりました。

「おじさん、海賊じゃないよね？」と、たずねます。

先生が顔をのけぞらして、うわっはっはと大笑いをすると、少年もほほ笑んで、近づいてきて、先生の手をとりました。

「その笑いかたは、味方だね」と、少年は言いました。「海賊の笑いとはちがうもん。ぼくのおじさん、どうなったか教えてくれる？」

「そいつはわからんな」と、先生。「おじさんと最後に会ったのはいつだい？」

「おととい」と、少年。「ぼくとおじさんが小さなボートでつりをしていたら、海賊がやってきて、ぼくらをつかまえたんだ。やつら、ボートをしずめて、ぼくらをこの船に連れてきて、おじさんに海賊の仲間になれって言ったの。おじさんは、どんな天候でも、じょうずに船をあやつるからね。でも、おじさんは、人殺しや盗みを働くのは、いい漁師のすることじゃないから、海賊なんかになりたくないって言ったんだ。そしたら、親分のベン・アリが歯ぎしりをして、言うとおりにしないと海につき落とすぞって怒ったの。ぼくは、この船底にとじこめられたけど、上では戦う音がしていた。次の日、海賊がぼくを上にあげたときには、おじさんの姿はどこにも見えなかったの。海賊に『おじさんはどこ？』って聞いたんだけど、教えてくれなかった。きっと、海に落として、おぼれさせちゃったんだ。」

少年は、また泣きだしました。

「よしよし――ちょっと待ちなさい」と、先生。「泣かないで。食堂でおやつを食べて、よく話しあおう。おじさんは、きっとどこかでお達者にしているよ。おぼれたと決まったわけじゃないだろ？ということは、大いに希望が持てるじゃないか。私たちが力になってあげれば、おじさんは見つかるかもしれない。まず、おやつにしよう。ストロベリー・ジャムつきで、ね。それから、なにができるか、考えてみようじゃないか。」

動物たちは、興味しんしんで、まわりにむらがって聞いていました。そして、みんなで船の食堂に行って、おやつを食べているとき、アヒルのダブダブが先生のいすのうしろに来て、ささやきました。

「おじさんがおぼれたかどうか、イルカに聞いてごらんなさい。イルカなら知っていますよ。」

「よし、わかった。」先生は一枚目のジャムつきパンをとりながら言いました。

「舌で、かちかち、へんな音をたてているのはなんなの？」少年がたずねました。

「ああ、ちょっと、アヒル語でひとこと言っただけさ。」先生は答えました。「こちらはダブダブ。私が飼っている動物だ。」

「アヒルにことばがあるなんて知らなかった。」少年が言いました。「ここにいるほかの動物たちも先生のなの？　あの頭がふたつあるへんてこな動物は、なあに？」

「しっ！」先生はささやきました。「あれはボクコチキミアチだ。私たちがあいつの話をしているって気づかれないようにしてくれたまえ。あれは、すごくどぎまぎしてしまうから……ねえ、君は、あの小さな部屋に、どんなふうにとじこめられたのかな？」

「海賊たちが、ほかの船へ盗みに出かけようとして、ぼくをあそこにとじこめたの。さっき、ドアをこわす音を聞いたとき、だれだろうと思ったけど、あなたでほんとによかった。ぼくのおじさんを見つけられると思う？」

「うん、まあ、がんばってみるよ」と、先生。「おじさんは、見た目はどんな感じかな？」

「髪は赤いよ。」少年は答えました。「とっても赤い。腕には錨（いかり）の絵がほってある。気はやさしくて力持ちで、南大西洋で最高の船乗りだよ。つりをするボートの名前は、

『小粋なサリー号』っていうんだ。一本マストの帆船さ。」

「イッポントーストノハンセンってなあに？」子ブタのガブガブは、犬のジップのほうをむいて、ささやきました。

「しっ！――おじさんが持っていた船の種類さ」と、ジップ。「静かにしてろよ。」

「なあんだ」と、子ブタ。「つまんないの。なにかの食べ物かと思ったよ。」

そこで先生は、少年を食堂で動物たちと遊ばせておいて、甲板にあがって、通りがかるイルカをさがしました。

やがて、ブラジルへ行くとちゅうのイルカの大群が、水のなかをおどったり、とびあがったりしながらやってきました。

イルカたちは、先生が船の手すりにもたれかかっているのを見ると、ごきげんうかがいにやってきました。

先生は、赤毛で腕に錨の入れ墨をした男を見かけなかったかとたずねました。

「小粋なサリー号の船長のことですか？」イルカたちは、たずねました。

「そうだ」と、先生。「その男だ。おぼれたか？」

「つり用の帆船は、しずめられてしまいましたがね」と、イルカたち。「海の底に転がってましたよ。でも、なかには、だれもいませんでした。ぼくら、見にいきましたから。」

「船長の幼い甥が、今、私といっしょにこの船にいるんだ」と、先生。「海賊どもがおじさんを海にほうりこんでしまったのではないかととても心配している。おぼれていないかどうか、すまんが、なんとか調べてきてくれないだろうか？」

「ああ、おぼれちゃいませんよ」と、イルカたち。「おぼれていたら、深海のエビやカニが教えてくれますからね。海の知らせは、ぜんぶ、ぼくらイルカに届くんです。貝の仲間は、ぼくらのことを『海のおしゃべり屋』と呼んでるくらいです。いいや、おぼれちゃいません――その男の子に、残念ながらおじさんの居場所はわからないけれど、海でおぼれていないことだけはたしかだとお伝えください。」

そこで、先生は下へおりていって、このことを少年に教えてあげました。少年は手を打ってよろこびました。それから、ボクコチキミアチが少年を背中に乗せて、テーブルのまわりを一周し、ほかの動物たちは、パレードのように、食器のふたをスプーンでたたきながらそのあとを行進しました。

第十八章　におい

「おじさんをすぐ見つけなきゃね」と、先生は言いました。「次にやるべきことは、それだ。おぼれていないとわかったんだから。」

するとアヒルのダブダブがまたやってきて、ささやきました。

「ワシにさがしてもらってごらんなさい。ワシほど目のいい動物はいません。どんなに空高く飛んでいても、地上をはっているアリだって数えられるんですから。ワシに聞いてごらんなさい。」

そこで、先生は、ツバメにたのんで、ワシを連れてきてもらうことにしました。

一時間ほどすると、小さなツバメは、六種類のワシを連れてきました。コシジロイヌワシ、ハクトウワシ、ミサゴ、イヌワシ、ハゲワシ、オジロワシです。どのワシも、少年の二倍ほどの大きさがありました。それがずらりと、船の手すりの上に、まるでネコ背の兵隊みたいに、いかめしく、みじろぎもせずに勢ぞろいして、とてもこわい

感じでした。しかも、その大きなぎらぎらした黒い目は、あちらこちらをジロリジロリにらみます。

子ブタのガブガブはこわくなって、たるのうしろにかくれました。こんなおそろしい目でにらまれたら、お昼に盗み食いしたものまで見すかされてしまいそうな気がしたからです。

先生は、ワシたちに言いました。

「行方不明の人がいる。赤毛で、腕に錨のしるしがある漁師だ。どうかお願いだ、見つかるかどうか、さがしてみてくれないだろうか？　この子はその人の甥だ。」

無口なワシが、かすれ声で言った返事は、こうでした。

「やってみましょう。ドリトル先生のためならば。」

ワシたちが飛びさると、ガブガブはたるのうしろから出てきて、見送りました。ワシはぐんぐん、ぐんぐん高くあがり、まだまだ高く飛びました。それから、先生にはもう小さな点にしか見えないところで、いろいろな方角へばらばらとわかれました――北へ、東へ、南へ、西へ――広い青空に小さな黒い砂がすうっと流れたように見えました。

「うわあ！」ガブガブは、ひそめた声で言いました。

「すごい高さだ！　羽が焼けちゃうんじゃないかな──あんなにお日さまに近いと。」

ワシは長いこと帰ってきませんでした。もどってきたときは、もう夜になろうとしていました。

ワシたちは、先生に言いました。

「この半球のあらゆる海、あらゆる陸、あらゆる島、あらゆる町、あらゆる村を、すべてさがしてきましたが、見つけられませんでした。ジブラルタルの大通りの、パン屋のドアの前の手押し車の上に、赤毛が三本、落ちていましたが、それは人の毛ではなくて、毛皮のコートの毛でした。陸にも海にも、この子のおじさんの手がかりは見あたりません。わしらに見つけられないということは、だれにも見つけられないということです……ドリトル先生、わしらのやれることは、やりました。」

そして、六羽の巨大な鳥は、その大きなつばさを羽ばたかせて、山や岩場のねぐらへと飛んで帰っていきました。

ワシたちが行ってしまうと、アヒルのダブダブが言いました。

「さて、どうしましょう？　あの子のおじさんを見つけてあげなきゃいけません──それは絶対です。あの子はまだ小さいんですから、ひとりで世界じゅうのおうちのドアをノックしてまわるわけにはいきません。人間の子どもというのは、アヒルの子とちがって、すっかり大きくなるまで世話してあげなくちゃなりませんからね……サルのチーチーがいてくれたらよかったんですけどねえ。チーチーなら、すぐにおじさんを見つけてくれたでしょうに。なつかしいチーチー！　どうしているかしら！」

「ポリネシアが、いてくれたらなあ」と、白ネズミが言いました。「あのおばあちゃんなら、なにか思いちゅいてくれたよ。ぼくらを牢屋から出ちてくれたやりかた、おぼえてまちゅか？　二度目のときでちゅよ？　ほんと、頭がいいオウムでちたよねえ！」

「あのワシの連中は、たよりにならないよ」と、犬のジップが言いました。「うぬぼれてるのさ。そりゃ、目はすごくいいかもしれないけど、それだけのことじゃないか。人をさがしてくれとたのんでも、できやしない――それなのに、ずうずうしくも、もどってきて、だれにも見つけられないなんて、ぬかしやがる。うぬぼれだよ――パドルビーにいるあのコリー犬みたいなもんさ。それに、あのおしゃべり屋のイルカ連中も、どうかと思うよ。やつらが教えてくれたのは、おじさんは海にいないってことだけじゃないか。どこにいないかなんて聞いちゃいないんだ――どこにいるかを知りたいんだ。」

「ねえ、言いすぎだよ」と、子ブタのガブガブ。「言うのはかんたんだけど、世界じゅうから人さがしをしようとなると、なかなかたいへんだよ。たぶん、漁師さんは、あの子のことを心配して髪の毛が白くなってしまって、それでワシに見つけられなかったのかもしれないよ。なにがあったかわからないでしょ。君はただ、ああだこうだと言うだけで、なんにも手伝っていないじゃないか。君だって、あの子のおじさんを見つけられないんだから、ワシと同じだよ。いや、ワシにもおよばないね。」

「そうかよ？」と、犬のジップ。「ぬかしてやがらぁ、このばかな、生きたブタ肉のかたまりめ！　おれがまだ、なんにもしていないだと？　見ていやがれ！」

するど、ジップは、先生のところへ行って、こう言いました。

「あの子に、ポケットのなかにおじさんのものがなにか入っていないか、聞いてくれませんか？」

そこで、先生は聞いてみました。少年は、ひもに通して首からかけていたおじさんの金の指輪を見せてくれました。海賊が来たとわかったとき、おじさんが少年にくれたのですが、子どもの指には大きすぎたので、そうして持っていたのです。

ジップは、指輪のにおいをかいで言いました。

「これじゃだめです。ほかになにか、おじさんのものがないか聞いてください。」

すると、少年はポケットからたいへん大きな赤いハンカチを出して言いました。

「これも、おじさんのでした。」

少年がそれをとり出したとたん、ジップはさけびました。

「かぎタバコ〔火を使わずに、においをかいで楽しむ粉タバコ〕だ。やったぜ！　強いにおいのするブラック・ラピーというかぎタバコだ。においませんか？　おじさんがかぎタバコをやっていたか、この子に聞いてください、先生。」

先生が聞いてみると、少年は言いました。「ええ、おじさんは、かぎタバコをかなりやっていました。」

「よぉーし！」と、ジップ。「おじさんは、もう見つかったようなもんだ。子ネコからミルクを盗むぐらいかんたんなことさ。一週間とたたないうちに、おじさんを見つけてあげるって、あの子に言ってやってください。上にあがって、風むきを見てみましょう。」

「でも、外は真っ暗だよ」と、先生。「暗いところじゃ、さがせないだろう！」

「ブラック・ラピーのにおいのする人をさがすのに、明かりなんていりませんよ。」ジップは、階段をあがりながら言いました。「おじさんのにおいがむずかしいものなら——たとえば、糸とか、お湯とかだったら話はちがうが、かぎタバコとなりゃあ！——ちょちょいのちょいです！」

「お湯にも、においがあるのかね」と、先生。

「もちろんでさ」と、ジップ。「お湯は、水とは、においがぜんぜんちがいます。ぬるま湯とか、氷となると、まるっきり、においがわからない。なあに、一度など、暗い夜に、ある男のあとをずっと追っていったときは、ひげそりに使ったお湯のにおいだけがたよりでしたよ――やつはびんぼうで、石けんを使っていなかったんでね……。さあて、風はどちらから吹いているかな？　風というのは、遠くのにおいさがしにはとても大切でね。強すぎる風でもいけない――もちろん、正しい方角から吹いていなきゃいけない。ちょうどいい、おだやかな、しめったそよ風が最高で……おや！　こいつは北風だな。」

それからジップは船の舳先へ行って、においをかぎました。そして、こうつぶやきました。

「コールタール。スペイン産タマネギ。灯油。ぬれたレインコート。月桂樹の葉をくだいたにおい。ゴムの燃えたにおい。レースのカーテンを洗濯して……いや、ちがった、レースのカーテンは干してあるんだ。それから、キツネ――何百匹も――キツネの子どももいる。それから――」

「このひと吹きの風に、ほんとにそんなにいろいろなものがにおうのかい？」先生がたずねました。

「ええ、もちろんでさ！」と、ジップは言いました。「しかも、すぐわかるものの一部でしかありません――強烈なにおいです。鼻風邪をひいているのら犬だって、それぐらいかぎわけられまさあ。ちょっと待ってください。今、この風に乗ってきた、もっとむずかしいにおいをかぎわけますから。味わい深いにおいです。」

それから犬は、目をぎゅっとつむると、鼻を空中につき出して、口を半ば開いたまま、強く鼻でにおいをかぎました。

長いあいだ、犬はだまっていました。石のようにじっとしていました。呼吸さえ、まったくしていないようでした。ついに話しだすと、まるで夢のなかで、もの悲しい歌でも歌っているかのような声でした。

「れんが……」犬は、とても低い声でささやきました。「庭の壁の黄色いれんが、古くて、くさりかけている……。山のせせらぎのなかに、ひとりたたずむ若い牝牛（めうし）のあまい息。お昼の日ざしを浴びた、ハト小屋か、穀物倉の、鉛の屋根。クルミの木でできた机の引き出しに入っている、黒い子ヤギの革の手ぶくろ。スズカケノキの下に馬の水飲みおけのある、ほこりっぽい道。くさった葉っぱから顔をのぞかせた小さなキノコ。それから……それから……それから……。」

「パースニップ［サトウニンジン］は？」と、子ブタのガブガブ。

「ないよ」と、ジップ。「おまえはいつも食い物ばかりだな。パースニップなんてないよ。それに、かぎタバコもない……パイプや紙巻きタバコはたくさんあるし、葉巻も少しあるのに、かぎタバコがない。南風になるまで待たなきゃだめだな。」

「そう、だめな風の吹きまわしだったってわけだね、今のは」と、ガブガブ。「ジップ、君はいんちきだろ。海のどまんなかで、においだけで人をさがすなんて聞いたことないもん！　そんなこと、できるわけないよ！」

「いいか。」ジップは、ほんとに腹をたてて言いました。「今にその鼻にかみついてやるぞ！　おまえなんか、ぶんなぐられるのがあたりまえなのに、先生がそうさせてくださらないからって、いい気になるなよ！」

「けんかをやめなさい。」先生が言いました。「やめなさいってば！　人生は短いんだ。ジップ、教えてくれ、今のにおいは、どこから来たと思う？」

「イングランド南西のデボン州かウェールズからですね、たいていは」と、ジップ。

「そっちから風が吹いています。」

「いやはや！」先生は言いました。「おまえは、ほんとに大したやつだよ――実に。今度書く本のために、メモをしておかなきゃな。私もそれぐらい鼻がきくように、きたえてもらおうかな……いや、やめとこう。今のままのほうがいいだろう。『身のほどを知れ』っていうものな。夕ごはんを食べに下へおりよう。はらぺこだ。」

「ぼくも」と、子ブタのガブガブが言いました。

第十九章　岩

　翌朝早く、絹のベッドから飛び出してみますと、太陽がさんさんと照っていて、風が南から吹いていました。

犬のジップは三十分ほど南風をかいでいましたが、やがて、首をふりふり、先生のところへやってきました。

「かぎタバコのにおいはしません」と、ジップは言いました。「東風になるまで待たなければだめです。」

でも、午後三時に東風が吹いたときも、かぎタバコのにおいは、しませんでした。

少年は、ひどくがっかりして、また泣きだして、もうだれも、おじさんを見つけてくれないんだ、と言いだしました。

　ジップが先生に言えたのは、「おじさんがまだブラック・ラピーのかぎタバコをやっているかぎり、たとえ中国にいようと、西風になったら、必ずおじさんを見つけてあげると、あの子に伝えてください」ということだけでした。

西風が吹くまで、三日待たなければなりませんでした。金曜の朝早く、ちょうど空が白みだしたころでした。霧雨のようなもやが海にたちこめていました。風はおだやかで、暖かく、しめっていました。

ジップは目をさますと、すぐさま甲板へかけあがり、鼻を空中につき出しました。それから、ひどく興奮して、また下へかけおりてきて、先生を起こしました。

「先生！」ジップは、さけびました。

「わかりました！　先生！　先生！　起きてください！　ねえ！　わかったんです！　風は西風で、におってくるのは、かぎタバコのにおいばかりです。上に来て、船を出してください――早く！」

そこで、先生はベッドから飛び出して、舵のところへ行きました。

「さあ、おれは、舳先にいますからね」と、ジップは言いました。

「この鼻をよく見ていてくださいよ。この鼻がむくほうに、船をむけてください。おじさんのいる場所は、遠くありません。こんなにぷんぷんにおうんですから。しかも、風はとってもすてきに、しめっている。さあ、この鼻を見ていてください！」

そうして、午前中ずっとジップは、船の舳先に立って風をかいでは、先生に舵を切る方角を指し示し、そのあいだ動物たちと少年は、目をまんまるに見開いて、大したものだと犬を見つめていました。

お昼ごはんのころに、ジップは、アヒルのダブダブにたのんで、心配になってきたから先生と話がしたいと伝えてもらいました。ダブダブが船のうしろのほうから先生を連れてくると、ジップは先生に言いました。

「あの子のおじさんは、飢え死にしそうです。船を全速力で進めてください。」

「どうして、飢え死にしそうだとわかるんだい？」先生は、たずねました。

「西風に、かぎタバコのにおいしかしないからです」と、ジップは言いました。「もしおじさんが料理をしていたり、なにか食べ物を食べていたりしたら、そのにおいがするはずです。ところが、おじさんには新鮮な飲み水さえありません。あるのは、かぎタバコだけ――それも大量にやっています。おじさんにどんどん近づいていることは、においが刻一刻と強くなっていることからわかります。でも、船をできるだけ速く進めてください。おじさんが飢え死にしそうなのは、まちがいありませんから。」

「わかった。」先生はそう言うと、ダブダブを使いに出して、海賊に追われたときのように船をひっぱってもらうように、ツバメにお願いに行かせました。

そこで、小さながんじょうな鳥たちがまいおりてきて、もう一度、体と船を結びつけました。

するど、船はものすごい勢いで波をかきわけ、飛ぶように進みました。あまりにも速いので、海の魚たちはひき殺されては一大事と、命からがら、船の前から飛びのかなければならなかったほどでした。

動物たちはみな、わくわくどきどきしていました。ジップを見るのはもうやめて、前の海を見やって、飢え死にしかけた男の人がいるかもしれない陸か島が見えてこないかとじっと目をこらしました。

ところが、何時間たっても船はあいかわらず、どこまでもどこまでも、平らな海の上をつっ走るばかりで、どこにも陸は見えてきません。

やがて、動物たちはおしゃべりをするのもやめておしだまり、心配そうに、なさけなさそうに、あちこちにすわりこんでいました。少年はまた悲しくなりました。そして、ジップの顔には、心配そうな表情がありました。

でも、とうとうその日の夕方、今まさに日がしずもうというとき、マストのてっぺんにとまっていたフクロウのトートーが、ふいに声をかぎりにさけびだして、みんなをびっくりさせました。

「ジップ！　ジップ！　前のほうに、大きな大きな岩があるよ——ほら——ずっと先の、空と海が出会うところをごらんよ。夕日を浴びてその岩がぴかぴか、まるで金みたいに、光っているじゃないか！　においは、あそこからじゃないかい？」

ジップが返事をしました。

「そうだ。あそこだ。あそこにいる。……やっと、ついに見つけたよ！」

近づくと、その岩はとても大きくて、広い野原ぐらいあることがわかりました。その上には木も草も、なんにも生えていません。その巨大な岩は、カメのこうらのようになめらかで、つるりとしていたのです。

先生は、船で岩のまわりをぐるりとまわりましたが、どこにも人は見あたりません。動物たちも、みんな目をこらして見つめました。ドリトル先生は、下から望遠鏡をとってきました。

ところが、生き物はまったく見あたりません。カモメもいなければ、ヒトデもおらず、海草の切れはしさえありませんでした。

みんなはじっと耳をかたむけ、なにか音がしないかと聞き耳をたてましたが、聞こえてきた音といえば、さざなみが船のわきにちゃぷちゃぷと当たる音ぐらいでした。

そこで、みんなで呼んでみました。「おーい、いるかぁ！　おーい！」と声がかれるまで。でも、返ってくるのは、こだまばかりでした。

少年は、どっと泣きだして言いました。

「もう、おじさんには会えないんだ！　おうちに帰ったらなんて言えばいいんだろう？」

でも、ジップが先生に呼びかけました。

「あそこにいるはずです――絶対――いるはずです！　においは、これ以上先からは来ない。あそこにいるはずです。ほんとうに！　船を岩に近づけてくれたら、おれが飛びうつります。」

そこで、先生はできるかぎり船を近づけて錨をおろしました。それから、先生とジップが船から岩にうつりました。

ジップは、すぐに地面に鼻をこすりつけんばかりにして、あたりを走りはじめました。あちらと思えば、またこちら、行ったり来たり、ジグザグに進んだり、曲がりくねって進んだり、逆行したり、まわれ右をしたりしました。どこに行くにせよ、先生はそのすぐあとを走ってついていったので、とうとう先生はひどく息を切らしてしまいました。

ついに、ジップが大きくほえると、すわりました。先生がジップのところへかけつけると、ジップは岩のまんなかにあいた大きな深い穴をじっとにらんでいました。

「あの子のおじさんはこのなかです。」ジップは静かに言いました。

「あのばかなワシどもに見えなかったわけです！――人さがしは、やはり犬でなきゃいけません。」

そこで、先生は、穴へおりていきましたが、それは、ほら穴というよりトンネルのようになっていて、地下深くをずっと長くつづいていました。先生はマッチをすって、暗い道を進んでいきました。あとからジップがついていきます。

マッチはやがて消えてしまいましたので、先生は次のマッチをすり、それが消えると、またすり、また消えると、またするというのをくり返しました。

とうとう、奥まで着いて、行き止まりになりました。そこは、岩の壁でできた小さな部屋のようになっていました。

その部屋のまんなかで、腕まくらをして、ぐうぐう眠っているのは――とても赤い髪をした男の人ではありませんか！

ジップは近づいていって、男の人の近くに落ちていたもののにおいをかぎました。先生は身をかがめて、それを拾いあげました。大きなかぎタバコの箱でした。なかには、ブラック・ラピーが、いっぱいつまっていました！

第二十章　漁師の町

そうっと、とてもそうっと、先生は男の人を起こしました。

ところが、ちょうどそのとき、またマッチが消えてしまい、男の人は、ベン・アリがもどってきたと思って、暗がりのなかで先生をボカスカとなぐりだしたのです。

先生が、自分がだれかを話し、小さな甥っ子が船で無事にいることを教えてあげると、男の人はたいへんよろこんで、なぐったりしてごめんなさいと言いました。でも、暗くてちゃんとなぐれませんでしたから、先生もそんなに痛い目にあったわけではありませんでした。それから、男の人は、先生に、かぎタバコをひとつまみ、すすめました。

男の人は、海賊になると約束しなかったために、バーバリの竜にこの岩に置きざりにされたことや、この岩には家がなかったために、寒さをしのぐため、ずっとこの穴で暮らしていたことを話しました。

そして、こう言いました。

「この四日間、なにも飲み食いしていないのです。かぎタバコだけで生きてきました。」

「ほらね！」ジップが言いました。「言ったとおりだ。」

そこで、先生はまたマッチをすりながら、男の人を連れてトンネルをもどり、日光のもとへ出ると、急いで船へあげて、スープを飲ませてあげました。

動物たちと少年は、先生とジップが赤毛の男の人といっしょに船にもどってくるのを見て、大声でばんざいとさけび、船の上でおどりだしました。空のツバメたちは、少年の勇敢なおじさんが見つかってよかったと、声をかぎりに笛のような音で鳴きました——何千、何百万ものツバメの大群です。その音があまりにすさまじかったので、遠くの海に出ていた船乗りたちは、おそろしい嵐がやってくるのかと思い、「あの東でうなっている風の音を聞け！」と言ったほどでした。

ジップは大得意でした。でも、できるだけうぬぼれてみえないようにしていました。アヒルのダブダブがやってきて、「ジップ、あなたがそんなにかしこいとは知らなかったわ！」と言ったときも、ただ頭をつんと上にあげて、こう言っただけでした。

「いや、たいしたことじゃないさ。でもまあ、人さがしは、犬にかぎるよ。鳥には、とてもつとまらないね。」

それから、先生は、赤毛の漁師に、ふるさとはどこかたずねました。その答えを聞くと、先生は、ツバメたちに、まずそこへ船を案内してくれとたのみました。

そして、漁師が言ったところにやってきたとき、見えてきたのは、岩だらけの山のふもとにある小さな漁師町でした。漁師は、自分の家を指さしました。

錨をおろしているあいだに、少年のおかあさん（漁師の妹でもありました）が、泣き笑いをしながら、海辺へかけつけて出むかえました。もう二十日間も、丘の上にすわって、海をながめて、ふたりが帰ってくるのをずっと待っていたのです。

おかあさんは、先生に何度もキスをしたので、先生はまるで小学生の女の子みたいに、くすくす笑って顔を赤くしました。おかあさんは、ジップにもキスしようとしましたが、ジップは、逃げだして、船のなかにかくれてしまいました。

「キスなんて、ばかげてるよ。」ジップは言いました。「なんの意味もないよ。おかあさんがどうしてもキスしたいっていうんなら、ガブガブにでもキスすりゃあいいさ。」

漁師とおかあさんは、先生にすぐ帰ってほしくありませんでしたので、何日かお泊まりくださいとお願いしました。そこで、ドリトル先生とその動物たちは、まるまる土日と月曜の午前中まで、漁師とおかあさんのおうちにごやっかいになることにしました。

海岸には、漁師町じゅうの少年たちがやってきて、そこに錨をおろしているりっぱな船を指さして、ささやきあいました。

「見ろよ！　あれ、海賊船だぜ。七つの海で暴れたあらゆる海賊のなかでも一番こわいバーバリの竜、ベン・アリの船だ！　あのシルクハットをかぶったおじさん――ほら、トレベリアンのおばさんのうちに泊まっている人さ――あの人が、バーバリの竜から船をうばって、竜のやつを農民にしちまったんだって。あの人がねえ……あんなにやさしそうな、おとなしそうな人なのに！　……ごらんよ、あの大きな赤い帆を！　すごくおっかない感じの船だねえ――しかも、速いんだろ？　すごいなあ！」

先生がこの小さな漁師町に泊まった二日半のあいだ、町人たちは、先生を次々に、おやつやら、お昼やら、お夕食やら、パーティーやらにおさそいし、女の人たちはみな、先生に、お花やアメの箱のおくりものをし、町の楽隊が毎晩、先生の部屋の窓の下で演奏をしました。

最後に、先生は言いました。

「みなさん。私は帰らなければなりません。ほんとうにご親切にしてくださって、ありがとう。このことは決して忘れません。でも、お別れしなければなりません。仕事た。

ありますので。」

そして、先生がまさに出発しようとしていると、町長さんと、えらそうな服を着た人たちが大勢、通りにやってきました。町長さんが、先生の泊まっていた家の前で立ち止まると、町じゅうの人たちは、なにがはじまるのかと、まわりをとりかこみました。

六人のお付きの少年たちが、かがやくラッパを吹き鳴らして、人々のおしゃべりをやめさせました。先生が家の前の階段までおりてくると、町長さんがお話をなさいました。

「ジョン・ドリトル先生、」と、町長さんは言いました。「海からバーバリの竜を退治してくださったあなたに、町民一同の感謝の意をもって、このおくりものを贈呈させていただきますことは、私の大いなるよろこびでございます。」

そして、町長さんは、ポケットから、うす紙につつまれた小さな包みをとり出し、それをあけて、先生に手わたしました。それは、まったくもって美しい懐中時計で、裏には本物のダイヤモンドがちりばめてありました。

それから、町長さんは、ポケットから、もっと大きな包みをとり出して言いました。

「あの犬はどこかな？」

　そこで、みんなはジップをさがしました。そして、ようやく、アヒルのダブダブが、町の一番遠くの馬小屋のある庭でジップを見つけました。そこでは、町じゅうの犬たちが、ジップはなんてえらくてかっこいいんだろうと、ものも言えなくなって、ジップをとりかこんでいたのでした。

　ジップが先生のとなりに連れてこられると、町長さんはさっきの大きな包みをあけました。なかには、純金でできた犬の首輪が入っていました！　町長さんが、身をかがめて、ご自身の手で、犬の首にそれをつけてやると、うわあ、すごいと、町人たちがどよめきました。

　というのも、その首輪には大きな字でこう書いてあったからです。

「ジップ――世界一かしこい犬」と。

　それから、集まった人たち全員が海辺へ出ていって、見送りをしました。赤毛の漁師とおかあさんと少年は、何度も、何度も、何度も、先生と犬にお礼を言いました。そうして、赤い帆をつけた大きな速い船は、町の楽隊が岸から奏でる音楽に送り出されて、ふたたびパドルビーを目指して出発したのです。

第二十一章　おうちに帰って

三月の風が吹きさって、四月のにわか雨も終わり、五月のつぼみが花となり、六月の太陽の光が気持ちのよい野原に注ぐころ、ドリトル先生はついに自分の国に帰ってきました。

しかし、まっすぐパドルビーへ帰ったわけではありません。まず、ボクコチキミアチを荷馬車に乗せて、田舎の縁日をめぐり歩いて、国じゅうを旅しました。そうして、曲芸を見せる小屋と、人形劇を見せる小屋のあいだに割りこんで、こんな大きな看板をかかげたのです。

「アフリカのジャングルからやってきた、おどろくべき、ふたつの頭をもつ動物をごらんあれ。入場料六ペンス。」

荷馬車のなかにはボクコチキミアチがいて、ほかの動物たちは車の下に寝ころんでいました。先生は、荷馬車の前のいすにすわって、六ペンスをもらっては、お客にほほ笑みかけました。アヒルのダブダブは、目をはなすと、先生が子どもをただで入れてしまうと言って、先生をたしなめるのに大いそがしでした。

動物園の人やサーカスの人たちがやってきて、先生にこのふしぎな動物を売ってくれとたのみ、巨額のお金をお支払いしましょうと言いましたが、先生はいつも首をふって、こう言うのでした。

「いいえ。ボクコチキミアチは、おりに入れたりしません。あなたや私のように、いつだって、好きなところへ行けるようにしてやります。」

こうして旅をしていくと、おもしろい光景やできごとがいっぱいありましたが、これまで外国でやってきた冒険とくらべると、大したことはないように思えました。なかばサーカスの仲間入りをしたわけですから、最初はとてもおもしろかったのですが、数週間もすると、あきてきて、先生も動物たちも家に帰りたがりました。

けれども、たいへん大勢の人たちが小さな荷馬車へおしかけて、ボクコチキミアチを見るのに六ペンスをはらってくれたので、やがて先生は、見世物師をやめてもだいじょうぶなほどお金持ちになりました。

こうして、先生がお金持ちになって、パドルビーの大きなお庭のある小さなおうちについに帰ってきたのは、タチアオイが満開の花をさかせた、ある晴れた日のことでした。

馬小屋にいた足の悪い年寄りの馬は、先生を見て大よろこびしました。おうちの軒下に巣を作ってヒナを育てていたツバメも、うれしくてたまりません。ダブダブも、なつかしいおうちにもどってこられてよろこびましたが、おそうじがたいへんだと言っていました。あちこち、クモの巣だらけだったのです！

犬のジップは、おとなりのうぬぼれコリー犬のところへ、金の首輪を見せに行って帰ってくると、ずっとむかしにうめた骨をさがしたり、道具置き場からネズミたちを追い出したりして遊びながら、夢中でお庭をかけまわり、はしゃぎまわりました。子ブタのガブガブは、お庭のすみの塀近くで、なんと一メートルもの高さまでのびていたワサビダイコンをほじくりました。

そして、先生は、船を貸してくれた船乗りに会いに行き、新しい船を二艘も買ってあげ、船乗りのあかちゃんのためにゴムでできたやわらかい人形をおくりました。それから、アフリカ行きのために食料を貸してくれたお店に、その代金をはらいました。また、ピアノを新しく買って、白ネズミをそこへ入れました。たんすの引き出しはすきま風が入ってきて、すーすーするとネズミが言うからです。

それから、食器だなにしまってある古い貯金箱にお金をぎっしり入れても、入りきらないほどのお金がありましたので、同じぐらいの大きさの貯金箱をあと三つも買いました。

「お金というのは、」と、先生は言いました。「めんどうくさいもんだが、心配しなくていいというのはすてきだな。」

「ええ、」と、おやつにマフィンをトーストしていたダブダブが言いました。「おっしゃるとおりです！」

そして、また冬がやってきて、雪が台所の窓に吹きつけるようになると、先生と動物たちは、夕食後に、大きな温かい暖炉のまわりにすわって、先生が、みずから書いた本をみんなに読んで聞かせるのでした。

でも、お空に大きな黄色の月がぽっかり浮かんだ遠くのアフリカでは、サルたちが、寝る時間になると、ヤシの木の上でいつもこんなおしゃべりをしていました。

「先生は今ごろ、あちらの人間の国で、どうなさっておいでかねえ。また、いらしてくださるかしら？」

ポリネシアが、つる植物のあいだから、キーキー声で言ったものです。

「そりゃあ、来てくださるよ。……きっと、来てくださる。……来てくださると、いいねぇ！」

すると、ワニが、河の黒いどろのなかから、ぬっと首をもたげ、うなり声をあげて、みんなをたしなめたのでした。

「来てくださるに決まってるだろ！　寝ろ！」

訳者あとがき

「ドリトル先生」シリーズは、私の訳で角川つばさ文庫から『新訳』と冠して以下の題名で刊行された（二〇一一～一六年）。全部で十四巻ある。参考のために、一九五一～七九年に岩波書店から井伏鱒二（いぶせますじ）訳で出されたときの題名と異なっているものは、（　）内に記す。

①『ドリトル先生アフリカへ行く』（『ドリトル先生アフリカゆき』）
②『ドリトル先生航海記』
③『ドリトル先生の郵便局』
④『ドリトル先生のサーカス』
⑤『ドリトル先生の動物園』
⑥『ドリトル先生のキャラバン』
⑦『ドリトル先生と月からの使い』

⑧『ドリトル先生の月旅行』（『ドリトル先生月へゆく』）
⑨『ドリトル先生月から帰る』
⑩『ドリトル先生と秘密の湖（上）』
⑪『ドリトル先生と秘密の湖（下）』
⑫『ドリトル先生と緑のカナリア』
⑬『ドリトル先生の最後の冒険』（『ドリトル先生の楽しい家』）
※本邦初訳のシリーズ番外編「ドリトル先生、パリでロンドンっ子と出会う」を含む。
⑭シリーズ番外編『ドリトル先生のガブガブの本』（井伏訳なし）

井伏訳で読めるのは第十三巻までであり、番外編『ガブガブの本』の邦訳には、わが先輩である南條竹則（なんじょうたけのり）による訳（国書刊行会、二〇〇二年）があるのみだった。私は、もう一つの番外編「ドリトル先生、パリでロンドンっ子と出会う」の本邦初訳も含めて右に挙げたすべてを訳したところ、お陰様で好評を得て、このたび角川文庫からも刊行される運びとなった。

角川つばさ文庫は幼い読者を対象としているため、角川文庫から出すに当たって大人向きに訳し直すべきかを検討し、改めて新しい訳稿を少し作成して見直してみたが、結論として大きな改変は加えないことにした。そもそもヒュー・ロフティングは子どもに読ませようとして本書を書いているので、文体は「ですます調」の方がよいし、私は当初から原文をゆるがせにしないように努めて完訳を行ってきたので、この訳はそのまま大人に読んでいただくにもふさわしいと判断した。加えた改変は、大人向きに漢字表記を改め、ところどころ手直しを加えた程度であることをお断りしておく。

作者ヒュー・ロフティング（一八八六〜一九四七）は、第一次世界大戦で西部戦線に赴き、そこで傷ついた軍用馬が手当てもされず殺されてしまうのを見て心を痛め、動物と話ができる医者の物語を考えて、自分の幼い子どもたちへ書き送った。これが『ドリトル先生』シリーズ誕生の契機である。それゆえ、このシリーズには動物愛や助け合いの精神が満ちており、訳すに当たっては特にその点をしっかり表現するように配慮した。

先行訳では、時代の制約もあったためか原文どおりに訳されていないところが多々あったが、そうした点はすべて改めた。たとえば、最後にみんながようやくイギリスに帰ってきたとき、井伏訳ではアヒルのダブダブが「先生のおやつのパンを焼」くことになっているが、ダブダブがトーストしているのは、イングリッシュ・マフィンである。（カップケーキ型の焼き菓子もマフィンと呼ぶが、それはアメリカ式のマフィン。）二枚にさいて、こんがりトーストして、ジャムやはちみつを塗って食べる。もちもちっとしていて、トーストしたところがカリカリとなっている食感を楽しむものであり、これをミルク入り紅茶といっしょに食べることで、「ああ、イギリスに帰って来たんだなあ」という思いになれるわけだ。イングリッシュ・マフィンは、今では日本でも普通に売られているし、作り方もインターネットなどで紹介されている。イギリスの文化をそのまま文字どおり〝味わえる〟時代になったと言えよう。

また、子ブタのガブガブが好きなパースニップは、イギリスのスーパーや市場で山積みになって売られている冬野菜だ。外見は白いニンジンのようで、ニンジンよりも糖度が高い。日本ではあまり出回っていないが、イギリス人にはお馴染みの野菜で、私もイギリス留学中は普通に食していた。井伏訳で「オランダボウフウ」となっていたのは、和名の「アメリカ防風（ボウフウ）」を取り違えたものだろう。

マシューおじさんが餞別にくれたスエット・プディングも、イギリス特有の菓子だ。井伏訳では「アブラミのお菓子」となっていたが、「スエット」（suet）とはアブラミではなく、上質の脂（ケンネ脂）のことであり、高温ですっかり溶かすと、バターよりも油っぽさがなくなる。イギリスの菓子作りには欠かせない材料で、これを用いたプディングがスエット・プディングだ。ドライフルーツやナッツなどをたっぷり入れ、濃厚なパウンド・ケーキのような感じに仕上がる。カスタードクリーム（またはホイップクリーム）をふんだんにかけて、クリームにひたすようにして食べる。

イギリスの伝統的なクリスマス料理の最後に出てくるクリスマス・プディング（プラム・プディング）もスエット・プディングだ。クリスマス・プディングはブランデーをかけて火をつけてから食べることもある。だから、『鏡の国のアリス』に出てくる《トンで火に入る冬の怒りんボ》は、からだはクリスマス・プディングでできていて、頭はブランデーをかけられてメラメラ燃えているレーズンなのだ。（『不思議の国のアリス』と『鏡の国のアリス』は角川文庫に入っているので、そちらもぜひお読み頂きたい。）

アリスの本と同様に、この本でも原語の言葉遊びのおもしろさが伝わるようにしっかり訳した。たとえば、オウムのポリネシアが歌う船乗りの歌にあるライム（押韻）は、「ワイト島」と「おめでとう」、「さらば」と「たらば」、「一期一会」と「町へ」という一行おきのライムで表現した。ここで最も伝えるべきは、「黒海（こっかい）や紅海（こうかい）やワイト島などいろいろな場所を訪れたすえに、これからジェーンという名の女のもとへ帰る」という歌詞の内容ではなく、船乗り気分で歌うポリネシアが楽しんでいるようすなのであり、そのためには歌のライムを表現するのが重要なのだ。

最後に、本書に含まれる問題点についても指摘しておきたい。一九二〇年に出版された本書は、当時蔓延(まんえん)していた白人優位の人種差別の影響を受けており、黒人蔑視(べっし)の表現を含んでいる。一九六〇年代にJ・B・リピンコット社は本書から「ニグロ」「クーン」などの差別語を削除したが、それだけでは対処しきれなかった。

一九六六年に創設された「人種交流を進める子供の本協議会」(Council on Interracial Books for Children= CIBC) が一九六八年に刊行した機関紙の中で、図書館員イザベル・スールは「ドリトル先生は、白人の責務を〝気高く〟背負う〝偉大なる白人の父〟の権化であり、その作者は人種差別の白人優越主義者であり、現在の西洋白人男性に知られている偏見のほとんどすべてを持っている点で有罪だ」と断じた。協議会は、表現を改める程度では『ドリトル先生』シリーズに含まれている差別を除去できないとしてこれを推薦図書から外した。そのため、一九六八年以降、アメリカの学校や公立図書館では『ドリトル先生』シリーズの購入が停止された。その結果、一九七〇年代にシリーズは絶版となり、一九八八年にデル社が著者の次男クリストファー・ロフティングの協力を得て抜本的な改変を加えた版を刊行するまで読まれなくなったのである。ちなみに、こうした公民権運動の高まりを受けて批判を受けた本には、ほかにもヘレン・バンナーマンの絵本『ちびくろサンボ』（一八九九年初版）や、ハリエット・ビーチャー・ストウの『アンクル・トムの小屋』（一八五二年初版）などがある。

本書で最も問題視されたのは、童話「眠り姫」を愛読する肌の黒いバンポ王子が、その話に登場する肌の白い王子に憧れて自分も白くなりたいと願い、妖精・トリプシティンカに扮したポリネシアが「西洋の偉大なお医者様がその願いをかなえてくれる」と言って、ドリトル先生に薬を調合させて顔を白くさせるという筋書きだ。ここに、肌の白い方が黒い方より望ましいという偏見が入りこんでいると批判されても仕方がないし、それは肌の黒い人たちに対してとても失礼な考え方だと言わざるを得ない。白人は有色人種に対して差別をすべきではないと訴える社会運動のなかで、このくだりが大きな問題をはらんでいるとされたのも当然だった。

一九八八年の改訂版では、バンポ王子の白人願望と彼を白くする場面がばっさりと削除されて、ポリネシアがバンポに催眠術をかけてあやつり、牢獄の鍵を開けさせるというストーリーに変更された。（別の版では、「ライオンのように勇敢になりたいというバンポのためにドリトル先生が育毛剤を調合し、バンポの髪をライオンのたてがみのようにしてあげた」と変更された。）さらに、バンポ王子が黒人という設定すら外され、かといって白人でもなく、カラーがなくなった。登場人物すべての人種は曖昧にされ、バンポ王子が眠り姫と結婚したがる話も削除された。「白人」という語もすべて削除され、サルたちが病気を治してもらったお礼に「白人がもらったこともないような、最高のおみやげをさしあげよう」と語り合う言葉も「最高のおみやげをさしあげよう」となった。

かつてシェイクスピア作品においても、性的言及や卑猥な俗語を一切排除した家庭版が出版されたことがあったが、文化から果たして〝毒〟を取り除き切ることはできるのだろうか。子供には読ませないという判断は尊重できるが、児童文学のなかにさえこうした偏見が入りこんでいたという歴史的事実を削除すべきではないだろう。抹消するのではなく、直視しなければ、問題は理解されない。

ロフティングも時代の子であったのであり、どんな人もその時代の考え方につかまってしまうものなのだということを、むしろ子どもたちに教えてあげるべきではないだろうか。動物をこんなに愛して、助け合うことの大切さを信じていたロフティングでさえ、「時代の考え方」からは逃れられなかったのだ、と。

私たちだって、私たちの「時代の考え方」にとらえられて、おかしな考え方をしてはいないかと反省するようすがとすべきなのではないだろうか。自分たちは正しいと思い込み、芸術作品を改変しようとする行為には、ある種の暴力さえ感じさせる。

ロフティングは子どもたちのためを考えて、よかれと思ってこの物語を書いたのだ。ロフティングを攻撃する前に、私たち自身もこれまで気づかずにだれかを傷つけていないか、自分たちのなかにも批判されるべき点や直すべき点があるのではないだろうかと考えながら本書を読むべきではないだろうか。そのためにも、本書をロフティングが書いたままに、皆様にお届けする。

二〇二〇年二月

河合祥一郎

編集部より読者のみなさまへ

動物のことばが話せるお医者さんのゆかいな冒険をえがいた「ドリトル先生」シリーズは、1920年にアメリカで出版されて以来、世界じゅうの子どもから大人にまで愛されてきた名作です。シリーズはぜんぶで十四巻あり、最初の作品を新たに読みやすく訳したのが、この『新訳 ドリトル先生アフリカへ行く』です。

編集部では、作者のロフティングさんがこの物語にこめたメッセージは、「人も動物も区別なく、みんななかよしでいるのが一番」であると考えています。

ですから、みなさんが物語をさいごまで読んでくださったら、「どんな人にも、どんな動物にも、やさしくしよう」という気持ちをもっていただけるのではないか、と考え、この作品を出版することに決めました。

ただ、「ドリトル先生」シリーズは古い作品です。そのため、今の私たちから見ると、時代おくれと感じられる部分もふくまれています。まず、動物や植物についての知識が古いところがあります。そして、差別的ともとれる表現が少しまじっています。たとえば人種差別というのは、肌の色のちがいなどを理由に、人が人を区別して見下すことを言います。肌の色がちがうといったことだけで、人が人をばかにしてよいはずがありません。どんな人もみな同じように心をもった、大切でかけがえのない存在だからです。

ですが、ロフティングさんの生きていたころの西洋社会には、人種差別的な考え方が強く残っていました。そのためこの作品にも、肌の黒い王子が白い肌にあこがれるという、今の私たちからは、差別的ともとれるお話がえがかれています。

また、お医者さんであるドリトル先生のまわりには、いろいろな病気や障がいをかかえた動物たちがいます。それらのえがき方についても、体の不自由な人を傷つけるのでは、という意見が一部にあります。

ロフティングさんは、戦場でケガをした馬が「治療できないから」と、次々ところされていく様子に心を痛めて、動物と話せるお医者さんドリトル先生のアイデアを思いついたと言われます。たいへん思いやりのある、心やさしい人だったのです。

でも、どんな人でも、それぞれの時代の考え方に影響を受け、しばられずにはいられないものなのです。そのため、ざんねんながら、今の時代の私たちから見ると、差別的ともとれるくだりがこの作品にはふくまれているのです。

今回、本を出版するにあたり、そうした部分をけずることも考えました。しかし、それをしてしまいますと、お話のつながりがおかしくなり、ロフティングさんのメッセージがつたわりにくくなる可能性があります。本当はロフティングさんに書きなおしてもらえばよいのでしょうが、かれはすでに亡くなっています。

そこでこの本では、ロフティングさんの書いた元のままの内容をのせています。先に書いたように、ロフティングさんは差別するつもりではなく、「人も動物も区別なく、みんななかよしでいるのが一番」とつたえたかったのだ、と編集部では考えるからです。ロフティングさんもこの本のなかで書いています。「(黒い王子は) よい心を持っていたよ」「(人は) 見目より心だからね」と。ですから、みなさんにもロフティングさんのメッセージを誤解しないでもらえたら、と思います。

そして、古い時代には、今の私たちから見るとおかしな考え方があり、どんな心やさしい人でもそれにしばられることがあったこと、また、そうしたおかしな考え方を人間が努力して変えてきたという歴史があることを、みなさんに知ってもらえたら、なおうれしく思います。

本書は、二〇一一年五月に小社より刊行された角川つばさ文庫（児童向け）を一般向けに加筆修正したうえ、新たに文庫化したものです。

本文挿絵／ももろ

新訳
ドリトル先生アフリカへ行く
ヒュー・ロフティング　河合祥一郎＝訳

令和２年　２月25日　初版発行
令和６年　５月20日　８版発行

発行者●山下直久

発行●株式会社KADOKAWA
〒102-8177　東京都千代田区富士見2-13-3
電話　0570-002-301（ナビダイヤル）

角川文庫 22052

印刷所●株式会社KADOKAWA
製本所●株式会社KADOKAWA

表紙画●和田三造

◎本書の無断複製（コピー、スキャン、デジタル化等）並びに無断複製物の譲渡および配信は、著作権法上での例外を除き禁じられています。また、本書を代行業者等の第三者に依頼して複製する行為は、たとえ個人や家庭内での利用であっても一切認められておりません。
◎定価はカバーに表示してあります。

●お問い合わせ
https://www.kadokawa.co.jp/（「お問い合わせ」へお進みください）
※内容によっては、お答えできない場合があります。
※サポートは日本国内のみとさせていただきます。
※Japanese text only

©Shoichiro Kawai 2011, 2020　Printed in Japan
ISBN 978-4-04-108789-3　C0197

◆◇◇

角川文庫発刊に際して

角川源義

第二次世界大戦の敗北は、軍事力の敗北であった以上に、私たちの若い文化力の敗退であった。私たちの文化が戦争に対して如何に無力であり、単なるあだ花に過ぎなかったかを、私たちは身を以て体験し痛感した。西洋近代文化の摂取にとって、明治以後八十年の歳月は決して短かすぎたとは言えない。にもかかわらず、近代文化の伝統を確立し、自由な批判と柔軟な良識に富む文化層として自らを形成することに私たちは失敗して来た。そしてこれは、各層への文化の普及滲透を任務とする出版人の責任でもあった。

一九四五年以来、私たちは再び振出しに戻り、第一歩から踏み出すことを余儀なくされた。これは大きな不幸ではあるが、反面、これまでの混沌・未熟・歪曲の中にあった我が国の文化に秩序と確たる基礎を齎らすためには絶好の機会でもある。角川書店は、このような祖国の文化的危機にあたり、微力をも顧みず再建の礎石たるべき抱負と決意とをもって出発したが、ここに創立以来の念願を果すべく角川文庫を発刊する。これまで刊行されたあらゆる全集叢書文庫類の長所と短所とを検討し、古今東西の不朽の典籍を、良心的編集のもとに、廉価に、そして書架にふさわしい美本として、多くのひとびとに提供しようとする。しかし私たちは徒らに百科全書的な知識のジレッタントを作ることを目的とせず、あくまで祖国の文化に秩序と再建への道を示し、この文庫を角川書店の栄ある事業として、今後永久に継続発展せしめ、学芸と教養との殿堂として大成せんことを期したい。多くの読書子の愛情ある忠言と支持とによって、この希望と抱負とを完遂せしめられんことを願う。

一九四九年五月三日

2巻の『新訳 ドリトル先生航海記』は…

ドリトル先生がアフリカから帰って何年かたった後のお話です。

先生はぷかぷかと海を流されていく不思議な島・クモザル島をめざす大航海をすることに。船の乗組員は、イギリスに戻ったオウムのポリネシアとサルのチーチー、犬のジップというおなじみの仲間たちです。先生の助手になったトミー少年もいっしょです。

先生たちは、スペインで闘牛をしたり、裁判に出て殺人事件を解決したり、世界一めずらしい歌うカブトムシを発見したり、はたまた先生がインディアンの王様に選ばれてしまったりと、わくわくするお話がいっぱい。そして最後には感動の涙も……。

そうそう、なつかしいバンポ王子にも会えますよ。それにおうちみたいに大きな殻をかぶった巨大カタツムリにも！

先生と動物たちがびっくりどっきりの大活躍をする、大長編『ドリトル先生航海記』をお楽しみに！

新訳 ドリトル先生航海記（角川文庫）
ヒュー・ロフティング
訳／河合祥一郎

イラスト／ももろ

Doctor Dolittle

新訳 ドリトル先生シリーズ

発売中

ヒュー・ロフティング 訳／河合祥一郎 （角川文庫）

1巻

『新訳 ドリトル先生アフリカへ行く』
世界中で愛される、動物と話せるお医者さんの物語。

3巻

『新訳 ドリトル先生の郵便局』
世界最速のツバメ郵便で、動物たちに通信教育！

2巻

『新訳 ドリトル先生航海記』
ニューベリー賞受賞。巨大カタツムリと海底旅行も!?

4巻

『新訳 ドリトル先生のサーカス』
アヒルがバレリーナで、子ブタは大スター!?

角川文庫海外作品

不思議の国のアリス
ルイス・キャロル
河合祥一郎＝訳

ある昼下がり、アリスが土手で遊んでいると、チョッキを着た兎が時計を取り出しながら、生け垣の下の穴にぴょんと飛び込んで……個性豊かな登場人物たちとユーモア溢れる会話で展開される、児童文学の傑作。

鏡の国のアリス
ルイス・キャロル
河合祥一郎＝訳

ある日、アリスが部屋の鏡を通り抜けると、そこはおしゃべりする花々やたまごのハンプティ・ダンプティたちが集う不思議な国。そこでアリスは女王を目指すのだが……永遠の名作童話決定版！

新訳ハムレット
シェイクスピア
河合祥一郎＝訳

デンマークの王子ハムレットは、突然父王を亡くした上、その悲しみの消えぬ間に、母・ガードルードが、新王となった叔父・クローディアスと再婚し、苦悩するが……画期的新訳。

新訳ロミオとジュリエット
シェイクスピア
河合祥一郎＝訳

モンタギュー家の一人息子ロミオはある夜仇敵キャピュレット家の仮面舞踏会に忍び込み、一人の娘と劇的な恋に落ちるのだが……世界恋愛悲劇のスタンダードを原文のリズムにこだわり蘇らせた、新訳版。

新訳ヴェニスの商人
シェイクスピア
河合祥一郎＝訳

アントーニオは友人のためにユダヤ商人シャイロックに借金を申し込む。「期限までに返せなかったらアントーニオの肉1ポンド」を要求するというのだが……人間の内面に肉薄する、シェイクスピアの最高傑作。

角川文庫海外作品

新訳リチャード三世

シェイクスピア
河合祥一郎＝訳

醜悪な容姿と不自由な身体をもつリチャード。兄王の病死をきっかけに王位を奪い、すべての人間を嘲笑し返そうと屈折した野心を燃やす男の壮絶な人生を描く、シェイクスピア初期の傑作。

新訳マクベス

シェイクスピア
河合祥一郎＝訳

武勇と忠義で王の信頼厚い、将軍マクベス。しかし荒野で出合った三人の魔女の予言は、マクベスの心の底に眠っていた野心を呼び覚ます。妻にもそそのかされたマクベスはついに王を暗殺するが……。

新訳十二夜

シェイクスピア
河合祥一郎＝訳

オーシーノ公爵は伯爵家の女主人オリヴィアに思いを寄せるが、彼女は振り向いてくれない。それどころか、女性であることを隠し男装で公爵に仕えるヴァイオラになんと一目惚れしてしまい……。

新訳夏の夜の夢

シェイクスピア
河合祥一郎＝訳

貴族の娘・ハーミアと恋人ライサンダー。そしてハーミアのことが好きなディミートリアスと彼に恋するヘレナ。妖精に惚れ薬を誤用された4人の若者の運命は？幻想的な月夜の晩に妖精と人間が織りなす傑作喜劇。

新訳から騒ぎ

シェイクスピア
河合祥一郎＝訳

ドン・ペドロは策を練り友人クローディオとヒアローを婚約させた。続けて友人ベネディックとビアトリスもくっつけようとするが、思わぬ横やりが入る。思いこみの連続から繰り広げられる恋愛喜劇。新訳で登場。

角川文庫海外作品

新訳まちがいの喜劇

シェイクスピア
河合祥一郎＝訳

アンティフォラスは生き別れた双子の弟を探しにエフェソスにやってきた。すると町の人々は、兄をもとからいる弟とすっかり勘違い。誤解が誤解を呼び、町は大混乱。そんなときとんでもない奇跡が起きる……。

新訳 オセロー

シェイクスピア
河合祥一郎＝訳

美しい貴族の娘デズデモーナを妻に迎えたヴェニスの黒人将軍オセロー。恨みを持つ旗手イアーゴーの巧みな策略により妻の姦通を疑い、信ずるべき者たちを手にかけてしまう。シェイクスピア四大悲劇の一作。

新訳 お気に召すまま

シェイクスピア
河合祥一郎＝訳

舞台はフランス。宮廷から追放され、男装して森に逃げる元公爵の娘ロザリンド。互いに一目惚れした青年オーランドーと森で再会するも目下男装中。正体を明かさないまま、二人の恋の駆け引きが始まる——。

新訳 ジキル博士とハイド氏

スティーヴンソン
田内志文＝訳

ロンドンに住むジキル博士の家に、ある時からハイドという男が出入りしている。彼の評判はすこぶる悪い。心配になった親友のアタスンがジキルの様子を窺いに行くと……。

新訳 メアリと魔女の花

メアリー・スチュアート
越前敏弥・中田有紀＝訳

映画「借りぐらしのアリエッティ」、「思い出のマーニー」の米林宏昌監督作品「メアリと魔女の花」原作を、新たに翻訳刊行。メアリのワクワク・ドキドキ・ハラハラの大冒険に、大人も子どもも、みんな夢中！

角川文庫海外作品

新訳アーサー王物語
トマス・ブルフィンチ
大久保　博＝訳

六世紀頃の英国。国王アーサーや騎士たちが繰り広げる、冒険と恋愛ロマンス、そして魔法使いたちが引き起こす不思議な出来事……ファンタジー文学のルーツが、ここにある！

オズの魔法使い
ライマン・フランク・ボーム
柴田元幸＝訳

ドロシーは大竜巻にあい、犬のトトと一緒にオズの国へ。脳みそがほしいかかし、心臓がほしいきこり、勇気がほしいライオンとともに旅する彼女はカンザスに帰ることはできるのか？　不朽の冒険ファンタジー！

クマのプー
A・A・ミルン
森　絵都＝訳
村上　勉＝絵

百エーカーの森で暮らすプーは、ハチミツが大好物。雨雲に扮してハチミツをとろうとしたり、謎の動物を追跡したり……クリストファー・ロビンや森の仲間と繰り広げる冒険に、心が温かくなる世界的名作。

絵のない絵本
アンデルセン
川崎芳隆＝訳

私は都会の屋根裏部屋で暮らす貧しい絵描き。ひとりの友もなく、毎晩寂しく窓から煙突を眺めていた。ところがある夜、月がこう語りかけてきた――僕の話を絵にしてみたら。アンデルセンの傑作連作短編集。

十五少年漂流記
ジュール・ヴェルヌ
石川　湧＝訳

荒れくるう海を一隻の帆船がただよっていた。乗組員は15人の少年たち。嵐をきり抜け、なんとかたどりついたのは故郷から遠く離れた無人島だった――。冒険小説の巨匠ヴェルヌによる、不朽の名作。